TWEESTRIJD

Lezen voor Iedereen / Uitgeverij Eenvoudig Communiceren
www.lezenvooriedereen.be
www.eenvoudigcommuniceren.nl

Dit boek maakt deel uit van de serie *Misdadig*.
Tweestrijd verscheen eerder bij uitgeverij Prometheus
en is herschreven in eenvoudig Nederlands.

Auteur: René Appel
Bewerking: Marian Hoefnagel
Redactie en vormgeving: Eenvoudig Communiceren
Foto omslag: iStockphoto
Foto auteur: ANP
Druk: Easy-to-read Publications

ISBN 978 90 8696 082 8
NUR 286

René Appel

TWEESTRIJD

Woordenlijst

Moeilijke woorden zijn **onderstreept** en worden uitgelegd in de woordenlijst op pagina 121.

Dit boek heeft het keurmerk Makkelijk Lezen

Manon

De muziek dreunt in haar hoofd, haar maag,
haar buik.
Manon neemt nog een slok uit het glas dat voor
haar staat.
Wat was het ook alweer?
O ja, rum-cola natuurlijk. Een bacootje noemen de
jongens het.
Ze vindt het niet echt lekker meer.
Ze heeft er ook te veel van op.
Er kwamen steeds nieuwe volle glazen.
Soms wist ze niet eens van wie ze die kreeg.
Ze voelt zich zweverig. En moe.

Zaterdag is altijd een drukke dag in de slagerij.
's Morgens vroeg staat ze dan al aan de
snijmachine.
Daarna moet ze de klanten helpen.
En om vier uur, als de winkel dicht is, moet ze
opruimen en schoonmaken.

Haar voeten doen pijn.
Misschien had ze die laarsjes niet moeten
aantrekken.
Een jongen schreeuwt iets in haar oor.
Ze verstaat hem niet, maar ze knikt.

Het is een stuk, die jongen.
Met donkere krullen en lachende ogen.
Hij heeft een strakke spijkerbroek aan en een
spijkerbloes.
Daaroverheen een zwart leren jack.
Ze kent hem niet.
Misschien is het een vriend van Frank; daar stond
hij net mee te praten.

Het is leuk dat Frank er weer is.
'Ik ben twee maanden met vakantie geweest', had
hij lachend gezegd.
Iedereen weet dat het een vakantie in de
gevangenis was.
Maar niemand zegt er wat van.
Frank is er weer, dat is belangrijk
Want Frank is een schatje, een vriend.
En iedereen maakt wel eens een foutje; dus
waarom Frank dan niet?

Ze neemt nog een slok van haar rum-cola.
Even lijkt het alsof de slok weer omhoogkomt.

Manon

Een man stoot haar aan: 'Hé, ken ik jou niet ergens
van?'
Ze kijkt naar zijn slechte, scheve gebit en schudt
haar hoofd.
'Wil je wat van me drinken?', vraagt de man.
Weer schudt ze haar hoofd.
'Ik heb nog', zegt ze, en ze neemt nog een slok.
Deze keer komt de rum-cola wel omhoog.

Wankelend loopt ze door de drukke bar naar buiten.
'Sorry, sorry, sorry.'
Buiten loopt ze met haar hand langs de ruwe muur.
Ze heeft het gevoel dat iemand haar volgt.
Maar als ze omkijkt, ziet ze niemand.
Wel hoort ze nog steeds de dreunende muziek uit
de Bahama Bar.
Als ze er ver genoeg vandaan is, geeft ze over.
Vanuit haar ooghoeken ziet ze de schaduw van een
man.

Nog steeds met haar hand langs de muur loopt ze
verder.
Ze moet een taxi zoeken; zo komt ze nooit thuis.
Ze kent deze buurt niet zo goed.
Maar na dit straatje komt een taxistandplaats.
Dat weet ze zeker. Toch?

Van de andere kant komt een man aanlopen.
Dronken, dat zie je zo.
Ze probeert een sigaret uit haar tasje te pakken.
Maar ze laat het pakje vallen. Shit.
'Zal ik effe helpen?', vraagt de man.
'Ga weg, sodemieter op', antwoordt ze.
'Nou dat is niet erg aardig; ik wil je alleen maar helpen', zegt de man.
'Sodemieter op', zegt ze nog een keer.
O, waarom is Rolf niet hier?, denkt ze. Waarom heeft hij me in de steek gelaten?
Vroeger ging ze altijd samen met Rolf uit; nooit alleen.

'Gaan we moeilijk doen?', zegt de man.
Hij pakt haar bij een arm en trekt haar mee.
Nergens zijn mensen, nergens is licht.
Ze voelt de angst in haar keel zitten.
'Laat me gaan', piept ze. 'Alsjeblieft.'
De man haalt een mes tevoorschijn.
'Houd je bek', zegt hij, 'en trek je kleren uit.'
'Niet doen', probeert ze nog.
Maar de man grijpt onder haar rok.
Met zijn vingers probeert hij haar slipje stuk te trekken.

Roy

In de verte start een auto; het geluid komt
dichterbij.
De man laat haar even los en kijkt om.
Op dat moment begint ze te rennen.
Daar verderop, daar is licht, daar zijn mensen.
Dan voelt ze een hand om haar arm.
'Nog één zo'n geintje en je bent er geweest', zegt
de man.
Hij trekt haar mee, een klein steegje in.
'Smerige trut, vuile hoer', zegt de man. 'Ik zal je
leren.'

Ze voelt het koude metaal van het mes tegen haar
dijbeen.
Met een ruk snijdt hij haar slipje kapot.
Dan duwt hij zich tegen haar aan.
'Eerst een kusje', zegt hij.
Nu ziet ze het gezicht van de man pas goed.
Ze ziet zijn slechte gebit.
Zijn adem stinkt.
Ze moet bijna weer overgeven als hij met zijn tong
in haar mond komt.
'Lekker, hè?', zegt de man.
Hij wrijft zijn onderlijf tegen haar aan.

Dan duwt hij haar op de grond.

Ze wil schreeuwen, maar hij doet zijn hand over haar mond.
Met zijn andere hand knoopt hij zijn broek los en doet haar rok omhoog.
'Nee', probeert ze te zeggen, 'Nee.'
Dan ziet ze boven zich een gezicht dat ze vaag kent.

De man wordt van haar afgetrokken.
Er klinkt een schreeuw, een paar klappen, kreten van pijn.
Binnen een paar seconden is het voorbij.
Ze staat moeilijk op en trekt haar rokje naar beneden.
'Gaat het een beetje?', vraagt een jongen met donkere krullen.
''t Gaat', piept ze schor.
'Heeft hij ...?'
Ze schudt haar hoofd.
'Ben je weer oké?'
Ze knikt en ziet dat het kapotte slipje nog om haar enkel zit.

'Ik ben Roy', zegt de jongen.
'Wie ben jij?'

Roy

Ze zitten in de auto een biertje te drinken, Frank en
Roy.
'Hoeveel brengt hij op, denk je?', vraagt Roy.
Frank haalt zijn schouders op.
'Ik weet niet. Drie ... vier...', zegt hij.
Ze drinken en roken.
Roy voelt de spanning door zijn lijf gaan.

Het is wel een rare nacht.
Eerst dat meisje in de Bahama Bar.
Waarom was hij eigenlijk achter haar aan gegaan?
Roy voelt aan zijn rechterhand.
Hij heeft veel te lang doorgeslagen op die man.
Maar ja, het was ook een klootzak.
Misschien had hij hem moeten **rippen**.
Wie weet hoeveel geld die man bij zich had.
Maar dat kon natuurlijk niet met dat meisje erbij.

'Zullen we?', vraagt Roy.
Frank kijkt op zijn horloge.
'Nog even wachten', zegt hij.
Er is niets op straat te zien.
Alleen de dure auto's, die langs de stoep staan
geparkeerd.
BMW's, Audi's, Ford Scorpio's, Renaults Espace.

Frank haalt de vrachtwagenaccu uit de achterbak.
Dan sluit hij de accu aan op de BMW, die voor zijn
auto staat.
Roy kijkt intussen of er iemand aankomt.
Maar alles blijft rustig.
Een doffe knal. Zo, het alarm is kapot.
Frank schuift een haak langs het linker voorraampje.
Hij voelt even en klik, de deur is open.

Dan stapt Frank in.
Met een **deukentrekker** trekt hij vervolgens het
contact eruit.
En hij start de auto met een schroevendraaier.

Roy

Op het terrein van de autosloperij wachten ze
samen in de auto van Frank.
Tony, de eigenaar, komt pas om een uur of acht.
'Wat zou Tony er nou op verdienen?', vraagt Roy.
''k Weet niet', antwoordt Frank. 'Een paar **mille**.
Misschien wel meer dan wij.'
'En wij doen het werk', zegt Roy kwaad.

'Tony moet die auto weer verkopen', zegt Frank.
'De meeste gestolen auto's gaan naar Polen.
En die Polen betalen niet zo veel.
Laten wij nou maar gewoon die auto's weghalen.
Simpel, voor een vast bedrag.
Geen gezeik, geen gelul, lekker makkelijk.'

Maar Roy blijft kwaad.
Vierduizend euro voor een auto die meer dan
dertigduizend waard is …
Hij maakt nog een blikje bier open.
Eigenlijk wil hij liever iets eten.
'We hadden broodjes mee moeten nemen', zegt hij.
'Ja, in een broodtrommeltje', zegt Frank spottend.
Roy kijkt Frank nijdig aan.
Altijd heeft Frank wat te **katten**.
Nooit is het goed wat Roy zegt.
Zo gaat het al vanaf dat ze samen op school zaten.

Iedereen dacht altijd dat ze ruzie hadden.
Maar ze waren juist de beste vrienden. Maatjes.

Dan eindelijk, komt de witte Mercedes van Tony
aanrijden.

Tony bekijkt de gestolen auto.
'Zo', zegt hij, 'een BMW. Die zijn de laatste tijd niet
zo goed te verkopen.'
Hij steekt een sigaret op en haalt een pakje
bankbiljetten uit zijn broekzak.
'Drie mille deze keer', zegt hij.
Hij geeft Frank het geld.
De rest van de bankbiljetten stopt hij weer in zijn
broekzak.
'Ja maar', begint Frank.
Maar Tony schudt zijn hoofd.
En Frank houdt verder zijn mond.

Roy denkt nog steeds aan de stapel bankbiljetten.
Hoeveel zou het zijn? Dertig-, veertig-,
vijftigduizend?
Daar ligt een hamer.
Eén flinke tik en Tony zou bewusteloos zijn …

Manon

Zaterdag is natuurlijk dé avond om uit te gaan.

Maar op zaterdag is Manon altijd doodmoe.
Dat is het vervelendste van werken in de slagerij.
Het liefst zou ze thuis blijven.
Met een zak chips en een colaatje voor de tv.
Maar natuurlijk doet ze dat niet.

Haar vriendinnen zijn ook in de Bahama Bar.
Natasha is naar de kapper geweest.
Ze heeft nu blond haar en veel wilde krullen.
Manon bedenkt dat ze dat ook wel zou willen.
Ze vindt haar eigen lange haar maar saai.

Ze gaat even naar de wc om haar make-up bij te
werken.
Als ze terugkomt, ziet ze hem meteen, Roy.
Hij staat te praten met Natasha, met al haar blonde
krullen.
Zou hij iets zeggen over wat er gebeurd is, twee
weken geleden?
Dan zouden de anderen het meteen weten.
En ze zouden boos zijn, omdat Manon niks gezegd
heeft.
Want zoiets vertel je toch aan je vriendinnen?

Roy ziet haar niet.

Hij zegt iets tegen Natasha, die hem niet verstaat.

Dan buigt hij zich naar haar toe, zijn gezicht in haar blonde krullen.

Natasha lacht en Manon voelt een steek van jaloezie.

Natasha hangt nu helemaal over hem heen, lachend en giechelend.

De trut.

Plotseling ziet Roy haar.

Zijn ogen lachen.

Hij laat Natasha staan en komt meteen op haar af.

'Ben je er alweer een beetje overheen?', vraagt hij.

'Het lijkt me verschrikkelijk, zo'n enge vent achter je aan.'

Hij praat zo zacht dat alleen zij hem kan verstaan.

'Hé wat staan jullie te smoezen', roept Natasha.

'Geen afspraakjes maken, hè?'

Maar aan het eind van de avond gaan ze samen naar buiten.

'Wat wil je?', vraagt hij.

'Wat jij wilt', antwoordt Manon.

Manon

Zonder verder iets te zeggen neemt Roy haar mee
in zijn auto.
Naar een oud huis in Oost.
'Hier woon ik', zegt hij.
'Het is geen kasteel, maar je kunt er wonen.'

In het kleine achterkamertje staat een groot bed.
Daarop vrijen ze, urenlang.
Roy doet dingen met haar, die ze nog nooit heeft
meegemaakt.
Daarna ligt ze in zijn armen en luistert naar zijn
ademhaling.
En naar de geluiden van de buren.
Ze hoort een paar schreeuwen en daarna huilt er
iemand.
Een vrouw of een kind?

Om vier uur zegt ze dat ze naar huis moet.
Het klinkt kinderachtig, maar het kan niet anders.
Roy moet even lachen.
'Je bent negentien, Manon', zegt hij.
'Ik ken meiden van vijftien die de hele nacht
wegblijven.'
'Ja, maar ik moet echt naar huis.
Anders wordt mijn moeder ongerust.'

Roy weet natuurlijk niets van Rolf.
En ze kan het hem ook niet vertellen.
Dat Rolf, haar broer, ineens verdwenen is.
Zomaar. Twee jaar geleden.
Dat ze nooit meer iets van hem gehoord hebben.
En dat haar ouders nu vreselijk bezorgd zijn om
haar, Manon.
Hun enige kind dat nog over is.

Roy brengt Manon naar huis.
Een laatste omhelzing in de auto.
Dan rijdt hij weg.
Hij maakt geen nieuw afspraakje.

Manon

Maandagochtend is het weer raak.
Haar moeder heeft niets gedaan: geen brood op
tafel, geen thee gezet.
Ze zit voor zich uit te staren, met een sigaret in haar
hand.
Het vuur komt steeds dichter bij haar vingers.
Zou ze het merken als ze haar hand brandt?, denkt
Manon.
Haar vader leest de krant; hij lijkt niks in de gaten
te hebben.

Manon zet alles op tafel en maakt thee.
'Rolf', snikt haar moeder ineens. 'Waarom?'
Ze verwacht niet dat iemand antwoord geeft.
Manon en haar vader zeggen dan ook niets.
Zwijgend eten ze een boterham.
'Au.' Manons moeder gooit de brandende peuk op
de grond.

Maandagmorgen, kan het erger?
Straks de toonbank opnieuw inruimen, vlees
snijden, salades klaarmaken.
Verschrikkelijk, die slagerij.
Hoe lang gaat dit nog zo door?
Ze schenkt nog een keer thee in.
'Jij ook, mam?'

Haar moeder schudt haar hoofd, maar dat kun je bijna niet zien.
Manon heeft het al zo vaak tegen haar moeder gezegd.
Dat het haar schuld niet is
Dat ze er niets aan kan doen.
Maar dat helpt allemaal niet.
Vandaag is zo'n dag dat alles terugkomt.
Vanavond zal haar moeder ook geen eten koken.
Dan ligt ze in haar bed, met haar hoofd onder het dekbed.
Rolf spookt dan door haar hoofd.

Op een vrijdagavond is hij vertrokken, met zijn auto.
Hij zou een weekend weggaan, naar Texel.
Een cursus windsurfen, met een paar vrienden.
Maar op Texel is hij nooit aangekomen.
En die vrienden wisten van niets.
Haar vader is overal geweest, heeft overal gevraagd.
De slagerij is twee maanden dicht geweest.

Daarna is haar vader weer gaan werken, dubbel zo hard. Hij moest nu alles alleen doen.
Manon ziet Rolf weer voor zich, werkend in de slagerij.
Biefstukken afsnijden, vlees uitbenen, mergpijpen zagen.

Wilde hij dat werk eigenlijk wel doen?, vraagt ze zich af.

Rolf zei nooit zo veel.

Roy

Ze zitten alweer meer dan een uur in de auto te
wachten.
Het is een stille buurt, geen mens te zien.
Keurige mensen wonen hier.
Allemaal gezinnetjes met twee kinderen.
En een dure auto voor de deur.
's Avonds blijven ze hier allemaal binnen.

Roy draait een joint.
Hij neemt een paar trekken en geeft hem door aan
Frank.
'Hoelang wachten we nog?', vraagt hij.
'Kalm aan', antwoordt Frank.
'Ik vraag het alleen maar. Geef 's terug.'
Frank neemt nog een trek en geeft de joint weer
aan Roy.
'Oké, we gaan', zegt hij.

De Mercedes staat voor een garage.
Gisteren hebben ze de benzinedop gestolen.
Vandaag zijn ze ermee naar de sleutelcentrale
gegaan.
'We zijn het sleuteltje kwijtgeraakt', zeiden ze.
'Kunnen jullie er eentje bijmaken?'
De mannen van de sleutelcentrale keken alsof ze
het niet vertrouwden.

Maar uiteindelijk kregen ze hun sleutel.
Mercedessen hebben altijd één sleutel voor alle
sloten.
Dus met die sleutel kunnen ze gewoon de deur
openmaken.

Roy zit achter het stuur van de Mercedes.
Hij rijdt achter Frank aan, naar Tony toe.
Frank rijdt erg hard, die gek.
Even raakt Roy hem kwijt.
Maar vlak bij de autosloperij ziet hij hem weer.
Ze stoppen en Roy gaat bij Frank in de auto zitten.
'Jij een pilletje?', vraagt Frank.
Roy schudt zijn hoofd.
Eerst bier, dan stuf en nu nog een pilletje ...
Dat is hem te veel.
Frank slikt de pil met een slok bier.

'Wachten', moppert Roy. 'Altijd maar wachten.'
'Je wordt er niet moe van', vindt Frank.
'Anderen moeten werken voor hun geld.
Dat is pas echt klote.'

Roy

Roy doet de deur open en stapt uit.
Hij loopt over de autosloperij.
De oude auto's zijn soms tot drie hoog opgestapeld.
Hij kijkt in een paar auto's naar binnen.
Sommige auto's zijn gloednieuw en liggen toch
helemaal in de kreukels.
Doodzonde.

Het is stil hier tussen de auto's.
Je hoort alleen een paar vogels fluiten.
Dan ineens klinkt het geluid van sirenes.
Politie? Ambulance? Brandweer?
Het geluid lijkt wel van alle kanten te komen.
Roy gaat in een sloopauto zitten, met zijn handen
aan het stuur. Alsof hij zo weg kan rijden.
Dan wordt het weer stil, angstig stil.
Zelfs de vogels houden hun snavel.

Na een paar minuten kruipt hij uit de auto.
Gebukt loopt hij naar de ingang van de sloperij.
Vlak voor het kantoortje van Tony staan twee
politieauto's.
Op de weg naar de sloperij toe staan er nog drie.
Wel tien agenten lopen rond.
Roy ziet nog net hoe Frank in een politieauto wordt
geduwd. Zijn handen geboeid op zijn rug.

Manon

De zon, de zee, het strand.
Zo simpel is het om gelukkig te zijn.
Manon laat een straaltje zand op de rug van Roy
glijden.
In de vorm van de letter M.
'Het kietelt', zegt Roy. 'Houd ermee op.'
Maar Manon gaat door met de R.
De zandkorreltjes blijven een beetje plakken.
Dat komt door de zonnebrandolie.
Daar heeft ze hem helemaal mee ingesmeerd.
'Houd op', had Roy toen ook gezegd.
'Anders pak ik je gewoon hier op het strand.'

De R is ook af. Manon begint aan een groot hart.
Roy komt zo plotseling overeind dat ze achterover
valt.
'Nou heb ik je', gromt hij. 'Nou ga je het water in.'
Ze lacht, gilt, probeert zich los te trekken.
'Nee, nee, het water is nog veel te koud.'
Maar hij gooit haar over zijn schouder en loopt naar
de zee.
Manon stompt met haar vuisten op zijn rug.
Ze voelt de kracht van Roy.
Met die kracht zal hij haar zo meteen in het koude
water gooien.

Maar met die kracht zal hij haar ook altijd
beschermen.
Zoals hij haar heeft beschermd, toen die eerste
avond.
Ze voelt een vreemde combinatie van geluk en
angst.

Een paar dagen geleden is ze even echt bang voor
hem geweest.
Ze zaten op een terrasje en een man keek een paar
keer naar haar.
'Heb je wat met die kerel?', vroeg Roy.
'Welnee, hoezo?', antwoordde ze.
'Denk je dat ik gek ben? Jullie zitten steeds naar
elkaar te kijken.'
Roy zei het hard.
De andere mensen op het terras keken naar hen.
Ze legde een hand op zijn arm.
'Er is niks aan de hand, Roy. Ik ken hem niet eens.'
'Waarom kijkt die lul dan zo naar je?', zei Roy.
'Hé, wil je mijn vriendin soms versieren?', riep hij
toen naar de man.
Hij was gaan staan.
De man legde snel geld neer en ging weg.
'Lafaard', riep Roy hem na.
'Kom eens hier, dan kun je een klap op je bek
krijgen.'

Maar op andere momenten is Roy juist weer heel lief.
Dan krijgt ze mooie dingen van hem.
Een gouden ketting of een duur horloge.

Roy

'Hé Roy!'

Roy knijpt zijn ogen dicht tegen de zon.

Maar hij herkent de man niet.

De man komt van zijn handdoek overeind.

'Ik heb je gezien bij Tony', zegt hij. 'Een tijdje geleden.'

Roy kan het zich vaag herinneren.

Toen had de man een paardenstaart en een snor.

Nu is hij kaal.

Sjors, ja zo heet hij.

'Zullen we een pilsje pakken?', vraagt Sjors.

Roy knikt.

'Ik ging net iets te drinken halen', zegt hij.

Een tijdje later loopt Roy weer terug over het strand.

Met een koud blikje cola voor Manon.

We zouden nu naar een hotel moeten gaan, denkt hij.

Een chique kamer met een bubbelbad.

En morgenochtend ontbijt op bed.

Maar dat kost een paar honderd euro.

En dat heeft hij niet.

Over een week wordt zijn uitkering weer gestort.

Maar daarvan kunnen ze nog geen week rondkomen.

Want het geld gaat hard, nu Manon bij hem woont.
En nu Frank en Tony in de gevangenis zitten.

Manon werkt niet meer bij haar vader.
Ze was blij dat dat niet meer hoefde.
'Je kunt toch wat anders gaan doen?', had Roy
gezegd.
'Verveel je je niet de hele dag?'
Maar Manon had haar hoofd geschud.
'Ik kan niks anders', zei ze. 'Ik heb mijn school niet
afgemaakt, ik heb geen diploma.'
Ja, daar kan Roy over meepraten.

'Je kunt bij mij veel geld verdienen', heeft Sjors
gezegd.
Vroeger zat Sjors ook in de autohandel.
Maar nu niet meer.
'Er zijn veel snellere manieren om aan geld te
komen', zei Sjors.
'En eigenlijk is het heel simpel.
Gewoon iets van de ene plaats naar de andere
brengen.'

Roy

De zon schijnt nog steeds.
Manon staat al klaar met haar strandtas.
Maar Roy zegt dat hij niet mee kan.
'Een sollicitatie.'
'Een sollicitatie? Op zondag? Waarvoor?'
Roy haalt zijn één na laatste briefje van 50 uit zijn
zak.
'Hier, ga maar wat leuks voor jezelf kopen', zegt hij.
'De winkels zijn vandaag toch open?'
Manon pakt het geld teleurgesteld aan.
Wat kan ze nou voor leuks kopen voor 50 euro?

Het is stil in de kroeg waar Roy met Sjors heeft
afgesproken.
Woody's Place, zo heet de kroeg.
'Alles goed, Roy?', vraagt Ad.
Ad is de eigenaar van Woody's Place.
Maar hij vindt het nog steeds leuk om achter de bar
te staan.

Roy knikt.
'Ja, alles goed. Is Sjors nog geweest?'
'Een paar dagen terug', antwoordt Ad.
'Samen met Willem, die dikke, die altijd zit te
vreten.'
Roy kijkt op zijn horloge.

Sjors zou om twee uur komen; het is nu bijna
drie uur.
Hij neemt nog maar een biertje.
Wat moet hij doen als Sjors niet komt?
Misschien kan hij geld lenen van Ad.
Die heeft genoeg.
Het café is een goudmijn, weet Roy.
'Die Ad heeft thuis heel wat geld liggen', heeft
Frank laatst gezegd.
'Thuis?', had Roy verbaasd gevraagd.
'Natuurlijk', zei Frank.
'Hij kan al dat zwarte geld toch niet naar de bank
brengen.'

Maar dan stapt Sjors het café binnen.
'Sorry, dat ik laat ben.
En ik moet ook meteen weer weg', zegt hij tegen
Roy.
'Maar je kunt meerijden. Dan praten we in de auto.'

'Waar gaan we naartoe?', vraagt Roy.

'Ja, shit, ik was het bijna vergeten', zegt Sjors.

Hij rijdt met 130 kilometer per uur over de snelweg.

'Elke eerste zondag van de maand ga ik bij hem op bezoek.

Dan zit hij op mij te wachten.'

'Wie?', vraagt Roy.

'Mijn zoon', antwoordt Sjors.

'Hij is zwakbegaafd … geestelijk gehandicapt.

Hij zit in een soort tehuis.'

Na een klein uur zijn ze er.

Een groot gebouw, in een soort park.

SPARRENBERG, staat op een bord.

Sjors stapt uit de auto.

'Jij blijft in de auto', zegt hij tegen Roy.

'Straks ga ik een stukkie met hem lopen, hier in de tuin.

Ik wil niet dat je hem met mij ziet.'

Roy

'Hoe lang nog?', vraagt Roy.
'Heb je haast?', zegt Sjors.
'Nee, natuurlijk niet.'
Ze zitten samen in de auto van Sjors, in een
parkeergarage.
Ze wachten op iemand met 'de spullen'.

Het is allemaal heel simpel.
'De spullen' worden in een geparkeerde auto
gelegd, een Opel.
Daarna moet Roy er naartoe lopen.
En met die auto wegrijden.
De spullen moet hij afleveren, op acht verschillende
adressen.
Binnen en buiten de stad.
Twee transporten per week.
Anderhalve **rooie** per transport.
Reken maar uit.

'Waarom doe je het niet zelf?', heeft Roy gevraagd.
'Als het zo simpel is?'
'Geen tijd', zei Sjors.
'De eerste keer ga ik nog mee.
Dan kan ik je voorstellen aan de klanten.
Daarna doe je het alleen.'

'Jij nog een biertje?', vraagt Sjors.

Roy heeft een droge keel van de zenuwen.

Maar hij schudt zijn hoofd.

Shit, wat duurt dit lang.

'Hé, kijk eens wat vrolijker', zegt Sjors.

'Je gaat een hoop poen verdienen, man.

Wacht, ik geef je alvast 500 vooraf.'

Sjors haalt een dik pak bankbiljetten uit zijn binnenzak.

Dan komt er een Audi aan, met donkere ramen.

Hij blijft staan en knippert drie keer met zijn lichten.

Sjors knippert terug.

De Audi parkeert vlak bij de Opel.

Dan gebeurt er minutenlang niks.

'Wat is er?', vraagt Roy.

'Niks', antwoordt Sjors.

'Gewoon kijken of er geen gekke dingen gebeuren.

Moet jij ook altijd doen.'

Roy

'Zie je wel, 't is gewoon een eitje.'
Ze zitten samen nog even in het nachtcafé.
Een biertje drinken op de goede afloop.
Roy was verbaasd dat alles zo soepel was gegaan.
De man van de Audi had de spullen in de Opel
gelegd.
Daarna hij had nog eens drie keer geknipperd met
zijn koplampen.
En toen was hij weggereden.
'Ik weet ook niet waarom dat geknipper is', zei
Sjors.
'Hij heeft het misschien eens gezien in een film of
zo.'

Roy had de spullen gecontroleerd.
Acht pakketjes, dat klopte.
Toen was hij met de Opel naar de acht adressen
gereden.
Hij had ze die middag uit zijn hoofd geleerd.
Op geen enkel adres vroegen ze wie hij was.
'Ik kom van Sjors', had hij steeds gezegd.
'O, jij bent de nieuwe', was het antwoord dan.

Geld hoefde hij niet op te halen.
Dat zou Sjors later doen.
Daar was Roy wel blij om.

Het leek hem niks om met zestienduizend euro over straat te gaan.

'Je bent geslaagd voor je examen', zegt Sjors.
Hij slaat Roy op zijn schouder.
'Maar de volgende keer moet je minder nerveus zijn.
En denk erom, ook nooit speed nemen.
Daar word je te opgefokt van.
Gewoon rustig blijven, dan komt het vanzelf goed.'

Roy kijkt op zijn horloge.
Drie uur al.
Hij wil weg, naar huis, naar Manon.

'Donderdagavond, elf uur', zegt Sjors, als hij opstaat.
'En wees op tijd.'

Manon

'Zullen we wat gaan eten?', vraagt Natasha.
''k Weet niet', zegt Manon.
'Moet je naar huis, koken voor Roy?
Of wordt hij kwaad als je er niet bent?
Zo is hij toch niet?'
'Nee', antwoordt Manon. 'Zo is hij niet.'
Ze kijkt naar de tassen vol kleren van Natasha.
Ze zijn winkel in, winkel uit gegaan.
Natasha heeft van alles gepast en gekocht: topjes,
jurkjes, rokjes, lingerie.
Manon heeft niks gekocht.
Haar portemonnee is bijna leeg.
Dertig euro zit er nog in.

Nog maar kort geleden had ze altijd geld genoeg.
Roy gaf haar vaak een paar honderd euro.
Om wat leuks te kopen.
Maar ze heeft al dagenlang niets meer gehad.
En ze is bang om ernaar te vragen.
Roy is zo gespannen.
Eén verkeerd woord is genoeg om hem te laten
flippen.

Ze besluit om naar huis te gaan.
Maar als ze thuis is, heeft ze spijt.
Roy is er niet.

Ze wacht de hele avond op hem, bij de tv.
Ze had met Natasha mee moeten gaan.
Naar de film of de Bahama Bar.
Bij de buren klinkt muziek.
En dan ineens een schreeuw.
Daarna is het stil, angstig stil.

Midden in de nacht komt Roy thuis.
Manon is nog wakker.
Ze wil vragen waar hij is geweest, waarom hij zo
laat is.
Maar ze durft niet.
'Gelukkig ben je er weer', zegt ze dan maar.
Hij omhelst haar stevig.
'Ik kom toch altijd bij je terug', zegt hij.
'Ik laat je toch nooit alleen.'
Dan vrijen ze lang, zonder een woord te zeggen.

Manon

'Ik heb een hotel in Scheveningen besproken', zegt
Roy.
'Waarom Scheveningen?', vraagt Manon.
'Zomaar, daar is altijd wat te doen', vindt Roy.

Jammer genoeg regent het.
En er is ook niet zo veel te doen als Roy gedacht
had.
Maar dat maakt niet uit.
Lachend en zingend lopen ze langs het strand.
En laten zich nat regenen.
In een chique winkel koopt Manon een duur, bloot
topje.
Daarna in een taxi terug naar het hotel.
Ze vrijen samen in het bubbelbad.
Dit kan alleen maar met Roy, denkt Manon.

Ze voelt zich gelukkig.
Ze wíl zich gelukkig voelen.
Er niet aan denken dat ze soms bang is voor Roy.
Zoals een paar dagen geleden in het Mexicaanse
restaurant ...
Het duurde lang voordat er iemand bij hen kwam.
Na een kwartier had Roy een jongen geroepen.
'Ik wou graag wat bestellen', zei hij.

'Mijn collega komt zo bij u', antwoordde de jongen.
En hij was doorgelopen.
Na nog eens 10 minuten kwam er weer een jongen
langs hun tafeltje.
'Ik wou wat bestellen', zei Roy weer.
'Ik kom zo bij u', had de jongen gezegd.
En hij wilde doorlopen.
Toen was Roy kwaad geworden.
'Je bent nu hier', zei hij. 'Dan kun je toch meteen de
bestelling opnemen?'
Er kwam ruzie en hij had de jongen een klap
gegeven.

Manon was er erg van geschrokken.
De jongen riep steeds: 'Hij heeft me geslagen. Hij
heeft me geslagen.'
En er stroomde bloed uit zijn neus.
Ze wilde meteen naar huis.

Manon

'Nee, mam, het gaat echt heel goed met me.'
'Maar waarom kom je dan niet even langs?'
'Ik heb het te druk.'
'Waarmee dan?'
Manon sluit even haar ogen.
'Ik ben werk aan het zoeken', zegt ze. 'En ik moet
het huis inrichten en zo.'
'Je kunt hier toch werken', zegt haar moeder.
'En papa wil ook dat je weer thuiskomt.
Je bent nog veel te jong om samen te wonen.
En die jongen, wat doet die eigenlijk?'
'Hij werkt bij een transportbedrijf', zegt Manon.
Dat heeft Roy haar inderdaad verteld.
Ze begrijpt niet dat hij daar zo veel geld mee
verdient.
En dat hij soms dagenlang thuiszit.
Natuurlijk is er iets niet in orde, dat weet ze wel.
Maar ze wil er liever niet over nadenken.

'En betaalt dat een beetje?', vraagt haar moeder.
'Ja, heel goed', zegt Manon.
Ze denkt aan het dikke pak bankbiljetten dat Roy
altijd in zijn broekzak heeft.
Kennelijk krijgt hij altijd contant uitbetaald.
Belasting, **ziektekostenverzekering**, premies, daar
hoort ze hem nooit over.

Ze vraagt er ook niet naar.
Dat geeft alleen maar moeilijkheden.

'Wanneer kom je nou eens langs?', vraagt haar
moeder.
'Binnenkort', belooft Manon.
Ze weet dat dat een leugen is.
'Zondag?', vraagt haar moeder.
'Dan haal ik gebak in huis.
En jullie kunnen ook blijven eten.'

Roy

Roy heeft geen zin om meteen naar huis te gaan.
Hij is bij Frank geweest, in de gevangenis.
Hij moest wel, om Frank te bedanken omdat hij
hem niet verraden heeft.
Maar hij is niet vrolijk geworden van het bezoek
aan de **Bijlmerbajes**.
Hij moet er niet aan denken dat híj daar zou
zitten ....

Hij gaat maar even naar Woody's Place.
Daar drinkt hij vier biertjes achter elkaar.
'Dorst?', vraagt Ad.
Roy knikt.'Geef me er nog maar één', zegt hij.
Ad zet het bier bij hem neer.
'Jij werkt tegenwoordig voor Sjors, hè?'
'Ja.'
'Transport?', vraagt Ad.
'Zoiets', zegt Roy.
Hij vindt het vervelend om met Ad over zijn werk te
praten.
Ad heeft er niks mee te maken.

Roy blijft nog een tijdje in de auto voor zijn huis
zitten.
Hij voelt de drank door zijn lichaam gaan.
Vanavond moet hij werken. Shit.

Als hij naar boven gaat en Manon ziet, is hij eerst
verbaasd.

Daarna wordt hij pas kwaad.

'Waarom heb je dat gedaan, verdomme.'

'Gewoon, ik wou eens wat anders.'

'Wat ánders?', schreeuwt hij.

'Ja, dat lange haar had ik al zo lang. En die kleur
verveelde me ook.'

'Maar rood ...waarom rood?'

'Het is kastanjebruin.'

Manon wrijft over haar korte stekeltjeshaar.

'Als ik verdomme zeg dat het rood is, dan is het
rood', schreeuwt Roy.

'Ik heb het voor jou gedaan, Roy. Als verrassing.'

'Mooie verrassing. Had je me dat niet eerst kunnen
vragen?'

Roy grijpt haar met twee handen vast.

Waarom doet ze zoiets nou weer?

Het was toch al zo'n klotedag en nou dit ook nog.

'Au', roept Manon. 'Je doet me pijn.'

Hij grijpt haar nog harder vast.

'Laat me los, Roy', zegt ze. 'Au ... niet doen.'

Ze worstelt om los te komen.

Met haar lange nagels klauwt ze langs zijn gezicht.

Dan haalt Roy uit met zijn rechterhand.

Manon

'Wil je koffie?', vraagt Roy.

Manon schudt haar hoofd onder het dekbed.

'Iets anders?'

'Nee.'

Roy gaat naar de keuken en haalt wat ijsblokjes uit het vriesvak.

Hij doet ze in een theedoek.

'Hier', zegt hij tegen Manon.

'Houd maar tegen je wang. Dan wordt het minder dik.

En dan doet het ook minder pijn.'

Ze schudt weer even met haar hoofd.

'Het spijt me, Manon', zegt Roy. 'Ik had het niet zo bedoeld.'

Ze snikt nog een beetje na, onder het dekbed.

Dan komt ze ineens overeind.

'Je mag me nooit meer slaan, Roy', zegt ze.

'Beloof je dat? Nooit meer.'

Hij slaat zijn armen om haar heen.

'Nee, nooit meer', belooft hij.

Zachtjes wrijft hij over haar korte haar.

Het is een vreemd gevoel, maar wel lekker.

Tijdenlang staat Manon onder de douche.

Het water moet alles van haar afspoelen.

Alle angst, alle pijn.

Dan droogt ze zich af en kijkt naar zichzelf in de spiegel.
Kan ze nu nog wel bij Roy blijven?
Maar wat moet ze anders?
Ze kan moeilijk weer naar haar ouders gaan.
En Roy heeft beloofd dat hij het nooit meer zal doen.
Iedereen kan een fout maken.
Hij is ook maar een mens.

Ze gaat weer in bed liggen, maar kan niet slapen.
Bij de buren klinkt zachte muziek.
Het is al dagenlang rustig daar.
Geen geschreeuw meer of andere nare geluiden.

Roy

Het is al over twaalven en de Audi is er nog steeds
niet.
Roy wordt onrustig.
Zal hij Sjors bellen?
Maar dan komt de auto eindelijk aanrijden.
Hij knippert met zijn lichten en wacht een paar
minuten.
Rustig stapt een man uit en legt de spullen in de
Opel.
Dan steekt hij een sigaret op en loopt even heen en
weer.
Roy wordt weer onrustig.
Wat is er aan de hand?
Waarom gaat het nu anders dan de vorige keren?
Is dit soms een nieuwe?
Dan rijdt de man in de Audi weg; hij toetert zelfs
nog even.

Roy toetst het nummer van Sjors in.
'Wat is er?'
'Ik vertrouw het niet.'
Roy legt uit wat er gebeurd is.
'Maar de spullen liggen in de Opel?'
'Ja, en de Audi is weer vertrokken.'
'Nou, wat lul je dan?'
'Moet ik doorgaan?', vraagt Roy.

'Natuurlijk', zegt Sjors en hij verbreekt de verbinding.

Roy stapt uit zijn auto en loopt naar de Opel toe.
Hij controleert de spullen en gaat achter het stuur zitten.
Dan start hij de auto.
De auto hoest even, maar slaat niet aan.
Nog een keer proberen. Tering, weer niet.
Hij steekt een sigaret op en wacht even.
Dan probeert hij het weer.
Toe dan, klote-auto, toe dan.
De Opel start niet.
Er is maar één mogelijkheid: zijn eigen auto gebruiken.
Gauw pakt Roy de spullen en zet ze op de achterbank van zijn auto.
Dan rijdt hij weg, naar de uitgang van de parkeergarage.
Shit, een auto voor hem.
Wat rijdt die zak langzaam.
En nu nog een auto achter hem ook.
Langzaam rijden de drie auto's achter elkaar naar de uitgang toe.

Roy

Vlak voor de uitgang van de parkeergarage stopt de voorste auto.
Twee mannen stappen uit.
Mannen met grote zonnebrillen en pistolen.
Ze zeggen niets, maar gebaren Roy dat hij de deur open moet doen.
Dan pakken ze de spullen van de achterbank en leggen die in hun eigen auto.
Roy moet bij de mannen in de voorste auto gaan zitten.
Iemand uit de achterste auto stapt in de auto van Roy.
Dan rijden ze de stad uit, achter elkaar aan.

Op een kaal stuk land moet Roy uitstappen.
Nu is het afgelopen, denkt hij. Nu schieten ze me dood.
Maar dat gebeurt niet.
De mannen gooien een blik benzine over Roys auto heen.
En steken hem in de fik voordat ze wegrijden.
Een van de mannen zwaait nog.
Ze hebben al die tijd geen woord gezegd.

Roy gaat aan de kant van de weg zitten.
Hij moet meteen Sjors bellen en alles vertellen.

Maar zijn mobiele telefoon is in het water gegooid.
Wat zou Sjors trouwens zeggen?
Hij had voor duizenden euro's aan spul in zijn auto gehad.
Hij moet Sjors natuurlijk terugbetalen.
Maar waar haalt hij het geld vandaan?
Roy ziet de vrachtauto pas als hij voor hem stopt.
'Meerijden?', vraagt de chauffeur.

Huilend vliegt Manon hem om zijn nek.
'Ik dacht dat je nooit meer thuis zou komen', snikt ze.
'Ik dacht dat je nog steeds kwaad op me was, dat je me niet meer wilde.'
Hij drukt haar tegen zich aan, klopt op haar rug.
'Natuurlijk wil ik je nog', zegt hij.
'Je bent toch mijn Manon, voor altijd.'
Manon gaat nu nog harder huilen.
'Ga maar even koffie zetten', zegt hij.

Als Manon in de keuken is, pakt hij de telefoon.
Sjors bellen, dat moet nu meteen.

Roy

Ze hebben afgesproken op het Centraal Station.
In de **stationsrestauratie**.
Roy vertelt precies wat er gebeurd is.
Sjors legt zijn hand op Roys arm.
Een aardig gebaar, maar ook bedreigend.
'Verdomme, je hebt je wel in de shit gewerkt.'
'Maar ik kon er toch niets aan doen. Ik heb toch ...'
'Houd je bek.'
Sjors haalt nog twee flesjes bier.
'Waarom ben je met je eigen auto gegaan?', vraagt
hij, als hij terug is.
'Dat heb ik toch al verteld?'
Weer legt Sjors zijn hand op Roys arm.
'Dan vertel je het nog eens.'
'De auto wou niet starten; ik kon hem niet aan de
praat krijgen.'
Sjors knikt.
'En die kerels, die je geript hebben.
Herkende je die, had je die wel eens eerder gezien?'

Roy haalt zijn schouders op.
'Eén van die kerels heb ik misschien wel eens
gezien.
Maar ik weet niet meer precies waar.'
Sjors zwijgt een poosje.
'Jij zit metersdiep in de shit', zegt hij dan.

'En denk maar niet dat ik je eruit haal.
Ik moet dat geld ook weer betalen. Zestien rooie ...'
Sjors schudt zijn hoofd.
'We gaan 's kijken naar die auto', zegt hij dan.
'Heb je de sleuteltjes van de Opel nog?'

Met een taxi rijden ze naar de parkeergarage toe.
Daar staat de Opel, gewoon op zijn plek.
Sjors stapt in en start de auto.
Hij slaat meteen aan.
Roy begrijpt dat Sjors hem nu helemaal niet meer
gelooft.
Dat hij denkt dat Roy er zelf met het spul vandoor is
gegaan.

Manon

'Ik wil wel weer eens gezellig samen uitgaan', zegt
Manon.
'Ik ben net thuis', antwoordt Roy.
'Zullen we vanavond naar de film gaan?' Manon
streelt zijn dij.
'Niet doen ... daar kan ik nou niet zo goed tegen',
zegt Roy.
Ze haalt haar hand weg.
'Zal ik in de krant kijken wat er draait?', vraagt ze.
'Kijk maar', zegt Roy.
'Als jij het niet wilt, hoeft 't niet, hoor. Dan blijven
we gewoon thuis.'
'Ik zeg toch: kijk maar', zegt Roy nijdig. 'Kun je niet
luisteren?'

De telefoon rinkelt. Manon ziet dat Roy schrikt.
'Zal ik opnemen?', vraagt ze.
Roy schudt zijn hoofd en loopt naar de telefoon toe.
Manon hoort een vage stem aan de andere kant.
'Maar hoe kan ik dan ...', roept Roy.
De stem aan de andere kant onderbreekt hem.
Roy legt met een klap de telefoon neer.

Ze weet dat ze nu niets moet vragen.
Ze legt haar armen om zijn schouders en trekt hem
tegen zich aan.

Ze streelt zijn haar, zoent zijn nek.

Ze zoekt zijn mond met haar lippen.

'Ik heb zin in je', zegt ze.

Eerst gaat het heel goed, fantastisch zelfs.

Roy ligt op zijn rug, zij zit bovenop hem.

Ze voelt hem in zich, terwijl ze naar zijn prachtige
lichaam kijkt.

Maar langzaam raakt ze hem kwijt.

Zijn lichaam doet nog wel mee, maar hij is er zelf
niet meer bij.

'Je moet me echt vertellen wat er is', zegt ze, als
Roy op de rand van het bed zit.

'Anders weet ik niet wat ik moet doen.'

Met een diepe zucht gaat hij naast haar liggen.

'Geld', zegt hij. 'Ik moet veel geld aan Sjors betalen.'

'Waarom?', vraagt Manon.

'Handel ... ik ben het kwijt geraakt.

Zestien mille. Hij moet het binnen een week
hebben.'

'En als je 't niet hebt, wat gebeurt er dan?'

Roy kijkt haar verwilderd aan.

'Dan maakt hij me kapot, dan schopt hij me kreupel.
Misschien pakt hij jou wel.'

Hij begint zachtjes te huilen.

Het ontroert Manon.

Roy

Roy probeert eerst het geld bij Ad te lenen.
'Zestien mille, dat is toch niets voor jou?', zegt Roy.
'En ik betaal 't terug, zeker weten.'
Maar Ad voelt er niets voor.
'Ik leen geen geld uit', zegt hij. 'Ga maar naar de
bank.'

Dan probeert Roy het bij Sjors; kan hij geen uitstel
krijgen?
Maar ook dat lukt niet.
'Je bent die poen zelf kwijt geraakt', vindt Sjors.
'Dus nu moet je die poen ook zelf weer terug zien
te krijgen.
Volgende week, zelfde tijd, zelfde plaats wil ik het
hebben.'

In café Joop drinkt hij een biertje.
Een vrouw komt naast hem zitten; hij kent haar wel
van vroeger.
'Kan ik wat voor je doen?', vraagt ze.
'Ja', antwoordt Roy. 'Ik heb geld nodig.'
'Hoeveel?', vraagt ze.
'Zestien', zegt Roy.
De vrouw schudt haar hoofd.
'Zoveel verdien ik nou ook weer niet', zegt ze.
'Maar je kunt het boven proberen.'

Ze knikt met haar hoofd naar een deur.

Roy weet dat ze het gokzaaltje bedoelt.
Hij is er wel eens geweest, maar hij heeft nooit
meegedaan.
Duizenden euro's gaan er over tafel.
Mensen gaan soms weg met pakken geld.
Anderen verliezen alles wat ze hebben.
Gokken, het is een idee.
Maar dan heeft hij wel een inzet nodig.
Twee mille, zeker.
Eén om te gokken.
En één om een pistool te kopen.
Want als het niet lukt om die zestien mille binnen te
halen ...
Dan moet hij zich kunnen verdedigen tegen Sjors.

Manon

Manon staart naar de barsten in het plafond.
Ze kan vanmorgen maar niet uit bed komen.
Roy is al een tijdje weg.
Tien dagen geleden, toen was er nog niets aan de
hand ...
Toen hadden ze samen nog lekker gedanst in de
Explosion.
Plotseling schiet haar iets anders te binnen.
Tien dagen geleden, toen had ze ongesteld moeten
worden.
Ze drukt met haar handen op haar buik.
Ja, tien dagen geleden; ze is nog nooit zo ver over
tijd geweest ...

Weer klinkt er zachte muziek van boven, van de
buren.
Wendy woont daar, weet Manon nu.
Een Surinaamse.
Ze is haar een poosje geleden tegengekomen, bij de
voordeur.
Manons wang was nog rood en dik.
'Tegen de deur opgelopen?', had Wendy gevraagd.
Manon had geknikt.
'Dat is mij ook vaak genoeg gebeurd', lachte Wendy.
'Maar nu niet meer.
Mijn vriend is vertrokken en hij komt er niet meer in.

Ik heb alle sloten laten vervangen.'
Daarom hoor ik geen geschreeuw meer, had Manon
gedacht.
Ze waren samen koffie gaan drinken.
En ze hadden zitten lachen en giechelen als
vriendinnen.

Bij de drogist koopt ze een **zwangerschapstest**.
Moet ze nu wachten tot Roy thuis is? Of juist niet?
Als ze moet plassen, doet ze dat in een leeg potje.
Met trillende handen voert ze de test uit.
Ja, Zwanger. Raak. Bingo.
Roy, ze draagt een klein stukje Roy in zich!

Manon

Manons vader vertelt nu al voor de derde keer hoe hij zelf de slagerij heeft opgebouwd.

'Met helemaal niks begonnen', zegt hij. 'Alleen maar werken, werken, werken.'

Roy knikt.

Hij moet dat geouwehoer maar even aanhoren.

Manon had haar vader al om geld gevraagd.

Hij had 'jaja' geantwoord en was gaan vertellen.

'Je moet **je handen laten wapperen**', zegt Manons vader.

'Dan kom je er wel.'

Ze zitten er nu al twee uur.

Manons moeder zegt niets; die zit er maar een beetje bij.

Dan eindelijk, zegt Manons vader dat hij naar bed gaat.

'Het is morgen weer vroeg dag.'

Roy kijkt Manon aan.

'Pap', zegt Manon. 'Dat geld, dat we nodig hebben … je weet wel.

Voor een wasmachine, de tv is stuk en de afvoer is verstopt …

Dat soort dingen.'

'O ja', zegt Manons vader.

'Tweeduizend euro, hè?'. Hij kijkt Roy giftig aan.

'Eerst pik je me m'n dochter af ...
En nou mag ik er nog tweeduizend euro bijleggen
omdat jij haar niet kunt onderhouden.'
Maar dan gaat hij het geld gewoon halen.
'Het ligt ergens in de koelcel', fluistert Manon.

Manon zoent haar vader en moeder.
'Jullie hebben ons heel erg geholpen', zegt ze.
Ze stopt het geld in haar tas.
Met die tweeduizend is Sjors voorlopig tevreden,
heeft Roy gezegd.
De rest kan hij later afbetalen.
De problemen zijn weer opgelost, voorlopig.

Roy

Een pistool is gauw gekocht. Joop heeft die dingen,
achter het café.
'Denk erom', zegt Joop.
'Als er wat is, heb je hem gekocht in de buurt van
het Centraal Station.
Ik heb er niets mee te maken.'
Vanavond gaat hij de rest van het geld inzetten in
het gokzaaltje.
Ook bij Joop.

Manon ligt in bed; Roy gaat naast haar zitten.
'Wat is er liefje?'
Hij gaat met zijn hand door haar korte
stekeltjeshaar.
Ze trekt hem naar zich toe.
'Ik moet je wat vertellen, Roy', zegt ze.
O nee, ze heeft toch geen ander? Ze wil toch niet bij
hem weg?
'Ik ben zwanger.'
Het wordt even donker voor zijn ogen.
'Hoe lang al?', vraagt hij dan.
'Een maand, zes weken, zoiets'
'Weet je het zeker?'
Manon knikt. 'Ik heb eerst zelf een test gedaan',
zegt ze.
'En vandaag ben ik bij de dokter geweest.'

Hij vraagt zich af hoeveel het kost om het weg te laten halen.

Hij heeft nog dertienhonderd euro over.

Manon zal het toch niet willen houden?

Hij wil helemaal geen kind; hij wil geen vader worden.

'Het is van ons, Roy, iets van ons samen', zegt Manon.

'Je moet het laten wegmaken', gooit hij eruit.

'Het kan niet. We zijn er nog lang niet aan toe.'

'Maar ...', probeert Manon.

Hij pakt haar bij haar schouders en schudt haar door elkaar.

'Je moet het laten wegmaken. Het kan nog makkelijk.'

'Au, Roy, je doet me pijn.'

De tranen stromen uit haar ogen.

Roy schudt harder en harder.

Alsof hij zo het leven in haar kapot wil maken.

Manon

Het is gek, vindt Manon.
Juist omdat Roy het weg wil laten maken, wil zij het houden.
Het kan best.
Roy zal vanavond het geld aan Sjors gaan betalen.
Dan is dat probleem voorlopig opgelost.
En als de baby er eenmaal is, dan zoekt Roy wel werk.
Gewoon werk.

Ze legt even haar hand op haar buik.
Wat zou het zijn?
Het is een raar idee, dat dat al vaststaat.
Manon weet dat je een test kunt doen om het te weten te komen.
Maar dat wil ze niet.
Wat zouden leuke namen zijn?
Kimberley is wel leuk voor een meisje, of anders Donna.
Voor een jongen natuurlijk Roy, of Ray.
Roy en Ray, haar twee kerels.

Roy

Het gokken gaat fantastisch.
Hij is begonnen met honderd euro.
Al snel heeft hij daar duizend van gemaakt.
Dan raakt hij weer een paar honderd kwijt.
Maar daarna komt hij op vijfduizend.
Het is zijn geluksdag vandaag. Bijna zesduizend
heeft hij nu.
Misschien komt het wel omdat Manon zwanger is.
Nog maar tien en dan is hij van al het gelazer af.

Maar dan gaat het verkeerd.
Duizend kwijt, nog eens duizend kwijt ...
Er ligt veel geld op tafel, duizenden euro's.
En hij heeft mooie kaarten.
Het is nu alles of niets ...

Het wordt niets; hij is alles kwijt. Echt alles kwijt.
Fuck, fuck, fuck, wat moet hij nou?
Morgen moet hij het geld hebben voor Sjors.
Anders breekt Sjors een vinger, of nog erger.

In Woody's Place bestelt hij een biertje.
'Problemen?', vraagt Ad. 'Nog altijd problemen?'
Roy zegt niets en kijkt naar de man die binnenkomt.
Is dat niet één van de mannen uit de
parkeergarage?

Uit de voorste auto?
De man praat even met Ad.
Zou Ad het weten?, denkt Roy.
Zou Ad hem misschien **genaaid** hebben?
Verdomme, hij móet iets doen, vanavond nog.

'Ik ga sluiten', zegt Ad.
Roy staat op. Hij moet zich even aan de bar
vasthouden.
Zwijgend gaan ze samen de deur uit.
'Zo, ik ben er al', zegt Ad na een paar honderd
meter. Ze staan voor zijn huis.
'Ik wou je nog wat vragen', zegt Roy.
'Nou, vraag maar', antwoordt Ad.
'Kan het niet binnen?,' zegt Roy.

Roy

Ad is koffie aan het zetten, in de keuken.
Roy kijkt de kamer rond.
Een tafel van staal en glas met een metalen beeld
erop.
Je kunt niet zien wat het voorstelt.
Aan de muur een schilderij met allemaal kleuren.
Je kunt nog net zien dat er twee mensen op staan,
met grote monden.
Wat een kliederaar, die schilder.

Ad komt binnen met de koffie.
Hij ziet Roy naar het schilderij kijken.
'Een echte Appel', zegt hij.
'Duur?', vraagt Roy.
'Heel duur', zegt Ad.
'Meer dan zestien mille?'
Ad moet lachen, maar geeft geen antwoord.

'Ik heb geld nodig', zegt Roy dan. 'Vandaag nog.
Zestien mille.'
'Dat heb je me al een keer gevraagd', antwoordt Ad.
'Ik begin er niet aan.'
'Zestien mille', zegt Roy schor. 'Je moet me zestien
mille lenen.'
'Luister Roy, ik moet niks. Drink je koffie op en ga
naar huis.'

Roy haalt het pistool uit zijn zak.

Maar Ad kijkt niet eens naar hem; hij ziet het pistool niet.

Dan drukt Roy het pistool tegen Ads hoofd.

'Twintig mille', zegt Roy.

Ad steekt rustig een sigaret op en neemt een trek.

Dan komt hij bliksemsnel overeind en slaat Roy op zijn pols.

Het is een karateslag, waardoor Roy zijn pistool moet loslaten.

'Klein ettertje', zegt Ad. 'Wil je wel eens gauw opsodemieteren?'

'Ik moet dat geld hebben', zegt Roy.

Ad geeft hem een klap. Het bloed loopt uit zijn mond.

'Twintig mille', zegt Roy.

Ad haalt nog eens uit.

Roy valt over de glazen tafel, naast het metalen beeld.

In een mist ziet hij Ad, die over hem heen gebogen staat.

Met zijn laatste kracht pakt Roy het zware beeld.

Hij slaat niet alleen Ad.

Maar ook Sjors en de vader van Manon.

Allemaal liggen ze daar.

In hun bloed, met een laatste schreeuw in hun keel.

Manon

Manon schrikt wakker. Geluiden uit de kamer?
Ze kijkt op haar horloge. Bijna vier uur.
Opnieuw geluiden; de wc wordt doorgetrokken.
'Ben jij dat, Roy?'
Geen reactie.
Ze probeert het nog eens, harder: 'Roy, ben jij dat?'
Hij steekt zijn hoofd om de deur: 'Ja, wie anders?'
Ze schrikt van hem; van zijn ogen, van de
uitdrukking op zijn gezicht.
'Wat is er gebeurd?', vraagt ze.
'Niks, laat me nou maar', zegt Roy.

Ze komt uit bed en loopt naar hem toe.
Dan pas ziet ze de donkerrode vlekken op zijn
spijkerbroek en bloes.
'Wat is er gebeurd?', vraagt ze nog eens.
'Een ongelukje, ga nou maar naar bed.'
Natuurlijk weet Manon wat voor vlekken het zijn.
Daarvoor heeft ze lang genoeg in de slagerij
gewerkt.
Roy kijkt op zijn horloge.
'Het is nu ... halfdrie', zegt hij.
'Maar het is vier uur geweest', zegt Manon.
Zijn hand klemt om haar arm.
'Halfdrie ... om halfdrie kwam ik thuis.
Je weet het nog, omdat je op de wekker keek.

Zeg 's na: halfdrie.'

'Halfdrie', fluistert ze, 'Maar ...'

'Niks maar. Als iemand ernaar vraagt, dan kwam ik om halfdrie thuis.

Begrepen?'

'Au, je doet me pijn.'

'Dus hoe laat kwam ik thuis?'

'Halfdrie.'

'Goed zo.'

Hij kruipt naast haar in bed, stil, zonder iets te zeggen.

Na een paar minuten vraagt ze weer wat er is gebeurd.

'Dat wil je niet weten', antwoordt Roy.

Hij gaat met zijn hand onder haar T-shirt, knijpt in haar borsten.

Meestal is dat een fijn gevoel, maar nu niet.

'Niet doen, Roy, ik vind het niet lekker nu.'

'Maar ik wel', zegt Roy.

Hij gaat op haar liggen en dringt hard bij haar naar binnen.

Zo hard, dat het pijn doet.

Roy

Roy heeft een krant gehaald.
Hij bekijkt de krant zenuwachtig, van voor naar achter.
En weer terug.
Manon komt binnen met koffie.
'Wanneer ga je naar de dokter?', vraagt Roy.
'Waarvoor?', vraagt Manon.
'Om het te laten weghalen, natuurlijk.'
'Dat doe ik niet, dat heb ik je al gezegd.'
'Maar ik wil het niet. Ik wil geen kind. Daar zijn we nog niet aan toe.'
'Maar ik wil het wel', schreeuwt Manon.
'Het is ook mijn kind en ik wil het wel.
Als je dat maar weet, Roy Witteman.'

De volgende dag koopt Roy weer een krant, die hij helemaal doorbladert.
En de dag daarna weer.
Eindelijk lijkt hij het gevonden te hebben.
Hij leest en leest nog eens.
Daarna legt hij de krant weg en steekt een sigaret op.
'Ik moet nog effe weg', zegt hij.
Manon weet dat dat 'effe' wel een paar uur kan duren.
Of nog langer.

Als Roy de deur uit is, pakt Manon de krant.

Ze leest de krantenkoppen door, maar begrijpt niet wat Roy heeft gezocht.

Een paar keer komt ze de kop 'Horecabaas vermoord' tegen.

Maar dat kan het niet zijn.

Roy is bij een vechtpartij betrokken geweest, niet bij een moord.

Ze leest het artikel wel.

De moord is gebeurd in de nacht van woensdag op donderdag.

Dat was de nacht dat Roy zo laat thuis kwam.

Er is ook geld gestolen, volgens de krant.

En de moordenaar was een bekende van het slachtoffer.

Want er was niet ingebroken.

Manon

Een vrouwenstem onder aan de trap: 'Mag ik boven komen?'

'Natuurlijk', zegt Manon.

Ze kijkt verbaasd als er even later een man voor haar staat.

'Wielaard', zegt de man met de vrouwenstem.

'Recherche.'

'Recherche?', fluistert Manon.

'Ja, van de politie. Zou ik even binnen mogen komen?'

Manon twijfelt.

Wielaard pakt een identiteitskaart uit zijn binnenzak.

Manon kijkt ernaar, maar ze weet niet waar ze op moet letten.

De kaart ziet er wel echt uit.

Ze knikt. 'Kom maar mee.'

'Ik kom eigenlijk voor Roy Witteman', zegt Wielaard.

'Die woont hier toch?'

'Hij is mijn vriend', zegt Manon. 'Maar hij is niet thuis.'

Ze begint bang te worden.

De politie, die op zondag komt; dat moet wel iets belangrijks zijn.

'Weet je hoe laat hij thuiskomt?'

'Nee, 'k weenie.'

'Mag ik u verder nog iets vragen?', zegt Wielaard.

'T...tuurlijk', antwoordt Manon twijfelend.

'De nacht van woensdag op donderdag, was uw vriend toen weg?'

Manon doet alsof ze diep nadenkt.

'Woensdag op donderdag, even kijken, ja ik dacht 't wel.'

'Goed, weet u nog hoe laat hij thuiskwam?'

'Ik eh ... ik dacht om een uur of halfdrie.'

Ze voelt dat ze een kleur krijgt.

'Dat weet u zeker, halfdrie?', vraagt Wielaard.

'Ja.'

'Was u wakker, toen hij thuiskwam?'

'Ik werd wakker.'

'En toen zag u hoe laat 't was.'

'Ja, op de wekkerradio.'

De volgende dag staat er niets meer over de moord in de krant.

Voor de krant is het alweer verleden tijd.

Voor haar begint het nu pas.

Het dringt steeds meer tot haar door.

Roy, haar mooie, lachende Roy, die haar gered heeft.

Roy, die haar uit die rotslagerij heeft gehaald.

Roy, de vader van het kind in haar buik.

Waarschijnlijk heeft hij iets vreselijks gedaan.

Roy

'Oké, dus jij was de laatste klant in Woody's Place?',
vraagt Wielaard.

Roy knikt.

Wielaard is er weer; nu voor hem.

'Geen verhoor', had de agent gezegd. 'Ik kom
gewoon voor een paar vragen.'

Jaja.

'Dus Ad ten Kate was nog in het café, toen jij naar
buiten ging?'

'Ja', zegt Roy. 'Dat zeg ik toch.'

'En hoe laat ging je weg?', vraagt Wielaard.

'Twee uur, kwart over twee. Ik heb niet op mijn
horloge gekeken.'

'En toen ben je naar huis gegaan?'

'Ja.'

'Ben je nog iemand tegengekomen onderweg?'

'Ik weet het niet. Er lopen natuurlijk altijd mensen in
die buurt.'

Wielaard schrijft iets op in een klein boekje.

'Hoe laat kwam je thuis?', vraagt hij dan.

'Iets na halfdrie.'

'Hoe weet je dat zo precies?'

'Gewoon, de wekkerradio. We lagen **een nummertje
te maken**, mijn vriendin en ik.

En toen zag ik dat het kwart voor drie was.'

'Wat vroeg hij allemaal?', vraagt Manon.

Zij is tijdens het gesprek met Wielaard maar in de slaapkamer gebleven.

'Hoe laat ik thuis kwam woensdagavond ... wat ik gedaan had', zegt Roy.

'En wat heb je gezegd?'

'Gewoon, dat ik om halfdrie thuis kwam. Dat hebben we toch afgesproken.'

'Maar je was veel later thuis. En je had bloed op je kleren.

Ik moet weten wat er is gebeurd, Roy.'

'Er is niks gebeurd', zegt Roy grommend. Hij pakt haar bij haar arm.

'Ik was om halfdrie thuis. En er was niks met mijn kleren.'

Manon begint te huilen.

'Je hebt iets ergs gedaan, Roy. Je hebt iemand ...'

Roy knijpt hard in haar arm.

'Houd je bek, verdomme. Zeg dat niet', schreeuwt hij.

Dan zegt hij rustiger:

'Het komt wel goed, maar jij moet me helpen.

Als ik zeg dat er niks is gebeurd, dan is er niks gebeurd.'

Hij veegt de tranen van haar wang.

'Je bent toch mijn Manon, voor altijd?'

Manon

'Denk je dat echt?', vraagt Wendy.

'Ja, het kan niet anders', antwoordt Manon.

Ze voelt zich opgelucht nu ze het aan Wendy heeft verteld.

'Dus je weet zeker dat Roy ...'

Wendy kijkt haar bezorgd aan.

Manon knikt.

'Wat erg, wat verschrikkelijk', zegt Wendy. 'Hoe is het gebeurd?'

'Ik weet het niet. Roy wil er niet over praten', zegt Manon.

Ze zitten een tijdje zwijgend naar elkaar te kijken.

'Volgens mij moet je naar de politie gaan', zegt Wendy dan.

'Maar het is Roy', zegt Manon. 'Dat kan toch niet.

Ik kan hem toch niet verraden.

Hij is mijn vriend. Ik houd van hem. Ik krijg een kind van hem.'

'Dit houd je niet vol', zegt Wendy.

Ze slaat een arm om Manon heen.

's Avonds neemt Wendy Manon mee naar de film.

Daarna gaan ze nog wat drinken op een groot terras op het Leidseplein.

Ze doen allebei hun best om niet over Roy te praten.

Wendy vertelt waarom ze uit Suriname is vertrokken.
'Ik had daar geen toekomst', zegt ze.
Manon vertelt over de slagerij, over Rolf.
Dan gaan ze met een taxi naar huis.

Tot haar schrik ziet Manon dat het licht brandt.
'Ik denk dat Roy op me zit te wachten', zegt ze tegen Wendy.
Die knikt. 'Dat heb jij zo vaak gedaan', zegt ze.
'Wachten op hem.'
Twijfelend loopt Manon de trap op.

Roy zit voor de tv met een blikje bier in zijn hand.
'Zo, ben je daar eindelijk', zegt hij.
'Ja, even de stad in geweest', zegt Manon.
'Alleen?'
'Nee, met Wendy.'
'En ik zit hier maar te wachten. Ik weet niet waar je bent.'
Hij zet het blikje bier met een klap op tafel.
'Je gaat verdomme zomaar de deur uit, zonder wat te zeggen.'
Roy pakt haar bij een arm.
'Maar jij bent ook zo vaak ...', begint Manon. 'Au', roept ze dan.
Ze ziet de woede in zijn ogen.
Ze is nog nooit zo bang voor hem geweest.

Manon

'Tegen een deur opgelopen?', vraagt de
politieagente.
Ze zijn nu met z'n tweeën: Wielaard met de
vrouwenstem en Van Alphen, die echt een vrouw is.
De politievrouw kijkt haar vriendelijk aan.
Manon knikt.
'Dat kan hard aankomen', weet Van Alphen. 'Gaat
het verder wel met je?'
Het klinkt erg aardig, alsof ze het echt meent.

Wielaard haalt een envelop tevoorschijn.
Er zit een foto in van een man, met zijn hoofd vol
bloed.
Manon draait haar hoofd om.
'Nee, kijk maar even', vindt Wielaard. 'Ken je deze
man?'
'Nee.'
'Hij is vermoord ... doodgeslagen. Door jouw vriend.'
Manon wil opstaan, maar Wielaard legt een hand
op haar arm.
'Jouw eigen lieve Roy', gaat hij verder.
'Roy met de losse handjes, die zijn vrouw in elkaar
slaat.
Roy, die een man vermoordt voor een paar duizend
euro. En jíj beschermt hem. Verdomme.'
Wielaard slaat met zijn hand op tafel.

'Rustig, rustig', zegt Van Alphen tegen Wielaard.
'We weten dat Roy het gedaan heeft', zegt ze dan
tegen Manon.
'Maar we kunnen het niet bewijzen. Daarom moet
jij ons helpen.'

Manon schudt haar hoofd. Ze gaat Roy niet
verraden.
'Je moet ons helpen', herhaalt Van Alphen.
'Hij kwam niet om halfdrie thuis, hij kwam veel later
thuis.
En jij weet dat.'
'Halfdrie', fluistert Manon. 'Halfdrie.'

Wielaard komt naast Manon zitten, heel dichtbij.
Ze kan zijn aftershave ruiken en ze ziet alle kleine
puistjes op zijn gezicht.
'Die man moet worden opgeborgen', zegt hij tegen
haar.
'Hij is een gevaar voor de maatschappij. En voor
zichzelf.
Hij moet worden behandeld ... hij moet in therapie.
Kom op, vertel het nou maar.
Wie weet wat hij anders nog allemaal doet ...
Het is voor je eigen bestwil.
Die rotzak is het niet waard dat je hem beschermt.'

Roy

'Zo', zegt Sjors. 'Hoe gaat het?'

'Het gaat', antwoordt Roy.

'Gaat het ook met die twaalf mille die ik nog van je krijg?', vraagt Sjors.

'Dat hoop ik', antwoordt Roy.

Het liefst zou hij de telefoon neerleggen.

Waarom moet Sjors hem bellen?

Hij heeft toch vier mille gekregen en dat was toch even genoeg?

'Lullig, hè, wat er met Ad is gebeurd', vindt Sjors.

'Ja, heel lullig', zegt Roy.

'Ook voor jou', gaat Sjors verder. 'Jij was toch de laatste klant?'

'Ja, misschien wel', zegt Roy.

'En jij had plotseling vier mille, alsof die zomaar uit de lucht waren gevallen.'

'Ach', zegt Roy.

'Die kwamen toch bij Ad vandaan?', vraagt Sjors.

'Nee', zegt Roy. 'Geleend van Joop.'

'Dus je bent niet met Ad van Kate mee naar huis gegaan?', vraagt Wielaard.

'Nee, waarom zou ik?', zegt Roy.

Wat een klotedag.

Eerst dat telefoontje van Sjors en nou weer dat gezeik van Wielaard.

'Ja, waarom zou je', zegt Wielaard.

'Misschien omdat je geld van hem moest hebben?
Ik weet het niet.'

'Nee', antwoordt Roy. 'Je weet het niet.'

'Maar weet je wat ik wel weet?', zegt Wielaard.

'Er is die avond nog iemand bij Ad ten Kate thuis
geweest.

Ze hebben samen koffie gedronken.

Toen heeft hij Ten Kate de hersens ingeslagen.

En daarna heeft hij geld gezocht en waarschijnlijk
ook gevonden.

Want in het huis van Ten Kate lag geen geld meer,
niks.

Daarna heeft hij keurig al z'n vingerafdrukken
weggeveegd.

Dat is natuurlijk jammer voor ons.'

Wielaard zwijgt even.

'Maar er zijn ook nog andere dingen dan
vingerafdrukken', zegt hij dan.

Wielaard trekt een haar uit zijn hoofd.

'Kijk, een haar', zegt hij. 'Als ik ergens geweest ben,
laat ik haren achter.

Dat kan niet anders.

Bij Ten Kate hebben we haren gevonden. Van
hemzelf, maar ook van anderen.

Die haren kunnen we laten onderzoeken.

Zouden er ook haren van jou bij zijn, Roy. Wat denk
je?'

Shit, denkt Roy.

'Ik ben wel bij hem geweest', zegt hij dan. 'Maar ik heb hem niet vermoord.'

Manon

'Waar is Roy nu?', vraagt Manon.

'Die zit op het bureau', antwoordt Van Alphen.

'Zit hij vast ... ik bedoel ... wordt hij verdacht of zo?'

'Misschien wel', zegt Van Alphen. 'Hij heeft gelogen.
En als je liegt, dan komt dat altijd uit.'

Manon staart de politievrouw aan.

'Maar laten we het over iets anders hebben', gaat
Van Alphen verder.

'Wat deed Roy voor werk naast zijn uitkering?'

Manon kijkt verbaasd naar de rechercheur.

'Roy had helemaal geen uitkering', zegt ze.

'Hij werkte ...'

Wielaard legt een formulier voor haar neer.

'Een aanvraag voor een uitkering', zegt hij.

'Ingevuld door Roy Witteman.'

Manon doet haar best om het formulier te lezen.

Maar de letters draaien voor haar ogen.

Het blijft een poosje stil.

'Dus hij werkte, volgens jou. Wat voor soort werk?',
vraagt Wielaard.

'Auto's, handel in tweedehands auto's.'

Wielaard begint hard te lachen.

'Weet je wat hij deed?', vraagt hij aan Manon.

'Hij heeft auto's gestolen, samen met een maat.
En die heeft hij weer verkocht.

Dus inderdaad een soort handel in tweedehands auto's.
En verder handelde hij waarschijnlijk in drugs.
Hij bracht pakjes rond als een soort loopjongen.'
Manon doet even haar ogen dicht.
Dat was dus dat transport.

'Maar ... zit ie daarom nou vast?', vraagt ze.
'Nee, dat niet', zegt Van Alphen.
'Hij heeft gelogen over vorige week woensdagnacht.
Hij zei dat hij niet met die horecabaas naar huis is gegaan. Die Ad ten Kate.
Maar we kunnen bewijzen dat hij er wel is geweest.'
Manon wil een heleboel vragen, maar haar keel zit op slot.
Het liefst zou ze nu verdwijnen, hier niet zijn.
Ze denkt even aan Rolf, die echt verdwenen is.
'Je moet een keer de waarheid onder ogen zien', zegt Van Alphen.

Manon bijt op haar hand.
Ze houdt van Roy, dat is zeker.
Maar tegelijkertijd heeft hij iemand vermoord.
Dat is te erg. Ze kan niet meer samen met hem in één huis wonen, in één bed liggen.

'Als jij liegt, dan kun je zelf ook in de gevangenis komen, weet je dat?', zegt Wielaard.

Roy

'Het is moeilijk', zegt de advocaat tegen Roy, 'maar niet onmogelijk.'
Ze zitten samen in een klein kamertje.
Roy had gedacht dat de advocaat zou vragen of hij het had gedaan.
Maar dat lijkt hem niet te interesseren.
Het is een onopvallende man, met steil blond haar.
'Als je in de stront zit, moet je hem vragen', heeft Sjors wel eens gezegd.
Daarom had Roy om deze advocaat gevraagd.

'Wat gaat er nu gebeuren?', vraagt Roy.
'Heb je dit nog nooit meegemaakt?', vraagt de advocaat.
'Nee.'
'Binnenkort kom je voor de **rechter-commissaris**', zegt de advocaat.
'Als die vindt dat er genoeg aanwijzingen zijn, dan begint de voorlopige hechtenis.
Die kan maximaal honderd dagen duren.
In die tijd is de **zitting**.
Maar als de rechtbank geen tijd heeft, dan duurt het langer.'

'Dus ik zit hier wel honderd dagen vast?', vraagt Roy.

'Ja, minstens.'

'Shit, vette shit', vindt Roy.

Hij denkt aan Manon, die hem dit geflikt heeft.

Hij kan haar wel wurgen.

Als hij hieruit komt, dan zal ze het weten.

Dan zal ze het zeker weten.

Roy

Twee maanden later

'Je zit hier nog niet zo lang, hè?', zegt Roy.

De jongen naast hem schudt zijn hoofd.

'Nee, nog maar een paar dagen.'

'Waarvoor?'

'Diefstal ... vrachtwagens ...

Een of andere klootzak heeft me verraden. En jij?'

Roy lacht even: '**Doodslag**.'

De jongen fluit tussen zijn tanden. 'Hoe lang moet je?'

'Weet ik niet. Morgen naar de rechtbank.'

'En?'

Roy haalt zijn schouders op.

'Het kan alle kanten op, zegt mijn advocaat. Maar morgen is mijn vriendin **getuige**.'

'O, dus dan zit 't wel goed?', vraagt de jongen.

'Juist niet', zegt Roy.

'Hoe kan dat nou?'

'Ze heeft me verlinkt', zegt Roy.

'Klote, dan zul je wel behoorlijk de pest in hebben.'

'Ja', zegt Roy, 'Maar wat kan ik eraan doen? Ik zit binnen en zij zit buiten.'

'Maar jij komt ook wel weer buiten', zegt de jongen.

'Misschien alweer heel gauw.'

Er klinkt een korte bel.

De gevangenen moeten weer naar binnen.

Roy trapt zijn sigaret uit op de grond.

'Ik zie je nog wel', zegt de jongen. 'Hoe heet je eigenlijk?'

'Roy', antwoordt Roy. 'En jij?'

'Rolf.'

Roy

De advocaat is echt goed, vindt Roy.

Hij zet Manon flink onder druk.

'Eerst wist u zeker dat de verdachte om halfdrie thuiskwam?', vraagt hij.

'Ja', fluistert Manon.

Ze kijkt de advocaat niet aan; ze kijkt ook niet naar Roy.

Ze houdt de hele tijd haar ogen gericht op Van Alphen, de politievrouw.

Alsof die haar kan helpen.

'En later wist u zeker dat hij rond vier uur thuis kwam?', vraagt de advocaat.

'Ja, maar ...' begint Manon.

De advocaat onderbreekt haar.

'Dus eerst was u zeker van het ene tijdstip, en later van het andere?'

'Ja'.

'U heeft gezegd dat u van de verdachte moest verklaren dat hij rond halfdrie thuiskwam.

Klopt dat?', vraagt de advocaat.

'Ja.'

'Dus u heeft eerst gelogen', zegt de advocaat.

Wanhopig zoekt Manon steun bij de politievrouw.

Maar op het gezicht van Van Alphen is geen enkele emotie te zien.

'Dus u heeft eerst gelogen', zegt de advocaat weer.

'Ja', fluistert Manon.

'Maar hoe kan ik weten dat u nu niet liegt?', vraagt de advocaat.

Manon geeft geen antwoord.

Het lijkt alsof haar hoofd vol watten zit.

Ze kan niet goed nadenken.

'Deed u altijd wat de verdachte vroeg?', vraagt de advocaat.

Manon kijkt hem verward aan. 'Ik begrijp u niet', zegt ze.

'Goed, ik zal een voorbeeld geven', zegt de advocaat. 'U bent zwanger?'

Manon knikt.

'U vindt het leuk dat u een kind gaat krijgen?'

'Ja ... heel leuk.'

'En de vader, wie is de vader?'

'Roy.'

'Ah, dus de verdachte is de vader', zegt de advocaat.

'Vond hij het ook leuk dat u zwanger was?'

Manon schudt haar hoofd: 'Nee.'

'Wilde hij misschien dat u het kind weg liet halen?'

'Eh ... ja, dat dacht ik wel.'

'Maar u heeft dat niet gedaan?'

'Nee.'

'Dus u deed niet altijd wat u van de verdachte moest doen', zegt de advocaat.

Manon

'Dat kun je toch niet maken', zegt Natasha.
Manon kijkt haar zwijgend aan.
'Je eigen vriend verraden. Ik begrijp het niet',
gaat Natasha verder.
'Ja, maar ik wist het ook niet meer', zegt Manon.
Ze probeert uit te leggen hoe erg het allemaal is
geweest.
De verhoren van de politie.
Te weten dat je vriend een moordenaar is.
Maar het gaat niet. Natasha wil niet naar haar
luisteren.

Natasha had haar niet opgebeld na de zitting.
Daarom had ze zelf maar een afspraak gemaakt.
'En je bent ook nog zwanger van hem', zegt
Natasha.
'Wat ga je dat kind straks vertellen?
Dat zijn vader in de gevangenis zit, omdat jij hem
verlinkt hebt?'
'Maar dat heb ik helemaal niet gedaan', zegt Manon.
'Ik heb gewoon de waarheid verteld.'
Natasha haalt haar schouders op.
'We hebben elkaar nooit verraden', zegt ze. 'Nooit.
Ook Frank niet en dus ook Roy niet.
Je wist toch wel dat het allemaal niet eerlijk was,
wat hij deed?'

's Middags staat ze samen met Wendy te schilderen.
Ze had Natasha gevraagd haar te helpen.
Maar die had geweigerd: geen tijd, andere dingen,
te druk.
Manon begrijpt dat ze haar vriendin kwijt is.
En tegelijk ook al haar andere vriendinnen.
Ze doet haar kwast in de pot verf en begint aan de
deur.
Wendy is bezig met de muur.
Het huis gaat er heel anders uitzien.
Straks misschien nog nieuwe meubels ...
Ze was al naar de sociale dienst geweest, voor een
uitkering.
Ze had zich wel geschaamd, toen ze het moest
zeggen.
'Mijn vriend zit vast; hij heeft vijftien jaar gekregen
...'
Maar de uitkering is nog niet binnen.
Ze heeft nu geld van Wendy geleend, voor de verf.
Wendy is zo aardig voor haar.
'Ik heb zelf ook in de ellende gezeten', zei Wendy.
'Ik weet wat het is.'

Roy

Vier maanden later

De dagen zijn erg, maar de nachten zijn nog veel
erger.
Hij heeft er nooit last van gehad, maar nu kan hij
niet slapen.
Manon spookt maar door zijn hoofd.
Hij begrijpt nog steeds niet dat ze dat heeft geflikt.
Frank heeft zijn mond gehouden, Tony heeft zijn
mond gehouden.
Maar zij moest zo nodig met die agenten meelullen.

Ze gaan in **hoger beroep**, Roy en zijn advocaat.
Volgens zijn advocaat hebben ze een goede kans.
Hij heeft gezegd hoe Roy zich moet gedragen in de
rechtszaal.
Vriendelijk kijken. Keurig jasje aan.
De advocaat doet de rest.
Hij zegt dat het verhaal van Manon onbetrouwbaar
is.
Hij zegt dat Roy nog nooit veroordeeld is.
Hij vraagt om **vrijspraak**.

Manon heeft net boodschappen gedaan, als
Natasha belt.
'Wat ga je doen als hij vrijgesproken wordt?',
vraagt ze.

'Dan staat hij morgen bij je op de stoep.
Weet je al wat je dan gaat doen?
Heb je daar al over nagedacht?'
Nee, daar heeft Manon niet over nagedacht.
Misschien moet ze de sloten vervangen.
Anders kan Roy zo binnenkomen.
Hij heeft natuurlijk zijn sleutel nog.

In de Gouden Gids staat een sleutelfirma.
Ze vraagt een nieuw slot en zo'n kettinkje.
'U weet wel, zodat de deur maar een klein stukje
open kan.'

Maar als het nieuwe slot erop zit, voelt Manon zich
nog niet veilig.

Roy

'Het is net alsof ik jarig ben', zegt Roy.

Iedereen feliciteert hem.

Er staat een rij pilsjes voor zijn neus.

Steeds als er iemand binnenkomt, komt er meer
pils.

'Een rondje voor de hele zaak', wordt er dan
geroepen.

Tegen twee uur kan hij bijna niet meer op zijn
barkruk blijven zitten.

'Zullen we gaan, schat?', vraagt een meisje dat
naast hem zit. 'Ik woon hier vlakbij.'

Ze lopen zwaaiend naar buiten.

Met gierende remmen stopt een auto vlak voor hen.

Er stapt een dikke man uit.

Het meisje krijgt een duw, Roy wordt aan zijn arm
de auto ingesleurd.

'Welcome in the free world', zegt Sjors, die achterin
de auto zit.

'We beginnen gewoon weer opnieuw. Wanneer krijg
ik mijn twaalf mille?'

Dikke Willem start de motor en rijdt weg.

Om Roy te laten merken dat hij het meent, draait
Sjors zijn arm op zijn rug.

Roy voelt de tranen in zijn ogen springen, maar hij
zegt geen woord.

Als hij uit de auto is gezet, blijft hij eerst een tijdje op de stoep zitten.
Hij heeft niet meer het gevoel dat hij jarig is.
En dronken is hij ook niet meer.
Aan de overkant is een kaartenwinkel.
Hij koopt er een kaart voor Manon.
Er staan twee politieagenten op, met hun armen om elkaar.
Ik ben er weer! Roy, schrijft hij erop.
Dan gaat hij zijn pistool ophalen bij een vriend.
En een auto lenen, van dezelfde vriend.

Niet veel later staat hij voor zijn oude huis.
Hij ziet dat de gordijnen dicht zijn, maar dat zegt niks.
Met zijn sleutel doet hij de buitendeur open.
Hij herkent de geur op de trap meteen.
Boven staat hij stil voor haar huisdeur en klopt aan.
Niemand doet open.
Dan probeert hij het met zijn sleutel.
Verdomme, dat kreng heeft er een nieuw slot op laten zetten.

Als hij weer beneden is, gooit hij de kaart in haar brievenbus.

Manon

Manon durft de straat niet meer op na de kaart van Roy.
Ze heeft de politie al gebeld.
Het duurde een hele tijd, maar uiteindelijk kwam Van Alphen aan de telefoon.
Ze vertelde dat ze bang was.
Ze vroeg of de politie iets voor haar kon doen.
Van Alphen was minder vriendelijk dan eerst.
'Zolang Roy niets doet, kan de politie niet ingrijpen', zei ze.
'Dus hij moet me eerst iets aandoen en dan komen jullie pas in actie?', vroeg Manon.
'Zoiets, ja', antwoordde de politievrouw.
'Maar dan is het te laat, dan ben ik misschien al dood', zei Manon.
'Nou, dat zal wel meevallen', dacht Van Alphen.

Maar Manon denkt dat het niet zal meevallen.
Ze slaapt bij Wendy.
En overdag durft ze niet eens voor het raam te gaan staan.
'Hij doet je niks, zolang ik in de buurt ben', zegt Wendy.
'Maar ...', protesteert Manon.
Ze denkt aan de grijze bestelauto die bijna altijd voor de deur staat.

Dat moet Roy zijn, die haar in de gaten houdt.
De auto staat er nu ook weer.
'Wat kan hij nou doen?', zegt Wendy. 'Bovendien heb ik dit.'
Wendy pakt een spuitbus uit haar tas.
'Traangas voor als hij lastig wordt', zegt ze.
Manon loopt achter Wendy aan de trap af.
Als ze op straat zijn, wil Manon eigenlijk meteen weer terug.
Wendy slaat een arm om haar heen.
'Doorlopen', zegt ze.

'Hé, Manon', hoort ze achter zich. 'Je bent me toch niet vergeten?
Het is Roy.
'Ik ben jou in elk geval niet vergeten', zegt hij.
Hij trekt haar aan een mouw.
'Oprotten', zegt Wendy scherp. 'Laat ons met rust.'
'Ik laat haar nooit meer met rust, nooit meer', zegt Roy.
'Blijf met je handen van haar af', zegt Wendy.
'Oké, oké', zegt Roy. Hij steekt zijn armen in de lucht.

Een uur later komen ze terug, met tassen vol babykleertjes.
De grijze bestelauto staat er nog, met Roy aan het stuur.
Hij heeft zijn raampje opengedraaid en toetert even.

Roy

'Hé, wakker worden. Sjors wil je spreken.'
Roy ziet hoe iemand over hem heen gebogen staat.
'Laat Sjors de tering krijgen', zegt hij.
Maar dan wordt zijn bed omgekeerd.
Dikke Willem trekt hem omhoog en neemt hem
mee.
'Mag ik mijn kleren nog aantrekken?', vraagt Roy.
'Nergens voor nodig', vindt Willem.
Hij brengt hem naar de auto van Sjors.

'Geen geld om kleren te kopen?', vraagt Sjors
lachend.
Roy zegt niets terug.
Het is duidelijk: hij is het speeltje van Sjors
geworden.
Sjors komt de auto uit en stampt met zijn laars op
een van de blote voeten van Roy.
De pijn schiet door Roys lijf, maar hij zegt niets.
'Dat deed toch geen pijn, hè?', vraagt Sjors.
'Nee hoor', zegt Roy met zijn tanden op elkaar.
'Geen poen?', vraagt Sjors.
'Niks, blut', antwoordt Roy.
'Je weet dat ik nog twaalf mille van je krijg, jochie?
Met rente is het intussen vijftien mille geworden.
Ik heb ook mijn kosten.
Volgende week moet ik het hebben.

In ieder geval de helft.
Hoe je eraan komt, kan me niet schelen.
Desnoods vermoord je iemand, zoals je Adje hebt vermoord.
Begrepen?'
Roy knikt.
'Volgende week ben ik hier terug', zegt Sjors.
'En dan heb jij de helft van de poen, acht mille.'

Het is stil in het café van Joop.
'Bier?', vraagt Joop. Roy knikt.
'Boven wordt gespeeld', zegt Joop.
'Voor mij niet', zegt Roy. 'Ik heb geen poen.'
'Geldproblemen?', vraagt Joop. 'Hier, een pilsje van de zaak.'
'Dank je', zegt Roy. Hij neemt een slok.
'Ja, geldproblemen. Sjors krijgt nog vijftien mille van me.'
'Hoezo?', vraagt Joop.
En dan doet Roy het hele verhaal.
Joop schudt zijn hoofd.
'Het wordt tijd dat Sjors eens iets overkomt', zegt hij.
'Je bent toch niet van plan die vijftien rooie te betalen?'
Roy schudt zijn hoofd: 'Tuurlijk niet.'
'Ik denk dat de wereld er heel wat gezelliger uitziet zonder Sjors', zegt Joop.

Manon

Manon zit op een terrasje op het Rembrandtplein.
De grijze bestelauto had niet voor de deur gestaan.
Ze was voorzichtig naar beneden gelopen en de
straat op gegaan.
Steeds had ze om zich heen gekeken.
Maar Roy was nergens te zien.

Ze denkt aan vorig jaar, toen zat ze ook op een
terrasje.
Met haar vriendinnen, op Kreta.
Lachend, flirtend en drinkend.
Wat een verschil met nu.
'Zo, lekker even op een terrasje?', Roy pakt er een
stoel bij.
Hij heeft al een glas bier in zijn hand.
'Gaat het goed met je?', vraagt Roy.

Ze wil opstaan, maar Roy duwt haar terug.
'Ik ga ... ik moet naar huis ... de baby ...', fluistert
Manon.
'Wil je nog wat drinken?', vraagt Roy.
Manon schudt hard haar hoofd.
Roy schuift dichter naar haar toe.
'Waarom heb je het gedaan, Manon?', vraagt hij.
Hij knijpt in haar bovenbeen.
'Ik weet het niet ... ik kon niet anders ... Au.'

'Je kon niet anders ... Je had kunnen zeggen dat ik om halfdrie thuiskwam.
Je hebt je laten omlullen door de politie.'

Manon kijkt om zich heen, maar niemand let op haar.
'En later voor de rechtbank ook nog eens', gaat Roy door.
'Mijn eigen vriendin. Waarom? Je hield toch van me?
Weet je nog wat je allemaal tegen me hebt gezegd?'
Roy praat met een meisjesstemmetje: 'O, Roy, blijf altijd bij me.
Laat me niet in de steek, Roy, nooit.'
Hij knijpt weer hard in haar been.
'Au ...'
'Weet je wel hoeveel pijn je mij hebt gedaan?', vraagt Roy.
'Weet je wel wat het is om in de bajes te zitten?'

Roy haalt zijn hand van haar been en pakt een sigaret.
'Denk maar niet dat je van me af bent', zegt hij.
'Ik kom terug ... altijd.'

Manon

's Ochtends om vijf uur nemen ze een taxi, Wendy
en Manon.
Wendy vond dat Manon weg moest uit het huis.
Ook bij Wendy boven was ze niet veilig.
En Wendy wist wel waar ze naartoe moesten.
'Ik heb een tante in de Bijlmer', vertelde ze aan
Manon.
'Die is voor een paar maanden naar Suriname.
We gaan er samen wonen.
In de Bijlmer kan Roy je nooit vinden.'

De taxi moet twee keer rijden, zo veel spullen gaan
er mee.
Manon kijkt steeds naar buiten, om te zien of Roy
er soms is.
Maar gelukkig laat hij zich niet zien.
In de taxi legt Manon haar handen op haar buik.
'Nog een paar weken', heeft de dokter gezegd.

Om zeven uur 's morgens staan ze samen op het
balkon.
Nu al zijn er allerlei etensgeuren om hen heen.
Voor het eerst in tijden heeft Manon het gevoel dat
ze vrij is.
Heerlijk, op de negende verdieping van een flat in
de Bijlmer.

Wendy slaat een arm om haar heen.

'Het komt wel goed', zegt ze. 'Ik weet het zeker.'

'Ik ook', glimlacht Manon. 'En als het een meisje wordt, noem ik haar Wendy.'

Roy

Roy zit al een uur in zijn auto te wachten, op de
parkeerplaats van Sparrenberg.
Waar blijft die etterbak van een Sjors, denkt hij.
Het is vandaag toch de eerste zondag van de
maand?
Dan gaat hij toch altijd naar zijn achterlijke zoontje
toe?

Ineens schrikt hij wakker.
Tering, nou is hij nog in slaap gevallen ook.
Hij komt overeind van de krappe achterbank en
kijkt om zich heen.
Daar staat de auto van Sjors. Die is er nu dus.
Roy pakt de haak en stapt uit zijn auto.
Bij de auto van Sjors staat hij stil en kijkt om zich
heen. Niemand.
Rustig schuift hij de haak achter het voorraampje.
Een korte ruk, klik, open.
Dat heeft Frank hem goed geleerd.

Er komt een auto het parkeerterrein oprijden.
Het zou raar zijn om nu weg te duiken.
De auto rijdt verder en stopt.
Er stapt een man uit die meteen in de richting van
Sparrenberg loopt.
Hij kijkt niet op of om.

Roy doet de deur open en stapt in de ruime auto van Sjors.

Hij gaat op de vloer liggen, voor de achterbank.

Maar zelfs in deze auto ligt het niet echt lekker.

Al gauw heeft hij kramp in zijn been.

Shit, wat duurt het lang; waar blijft Sjors?

Dan doet Sjors eindelijk de deur open en stapt in.

Roy schrikt zo, dat hij bijna een schreeuw geeft.

Gelukkig kan hij zich nog net stil houden.

Sjors rijdt de parkeerplaats af en neemt dan een bocht.

Roy pakt zijn pistool en zet het tegen de kale nek van Sjors.

'Oké, gewoon door blijven rijden', zegt hij.

'Holy shit', roept Sjors.

Hij rijdt bijna van de weg af.

'Gewoon door blijven rijden heb ik gezegd, klootzak', zegt Roy.

Sjors kijkt in zijn achteruitkijkspiegel.

'Daar was ik al bang voor', zegt hij. 'Jij dus.'

'Ja, ik dus', zegt Roy. 'Hier rechtsaf.'

Roy

Het gaat fantastisch; ze komen geen mens tegen
'Waar gaan we naartoe?', vraagt Sjors.
'Rijden, niet lullen. Hier weer naar rechts.'
Ze zijn nu bij een industrieterrein.
Roy heeft dat van tevoren uitgezocht.
Op zondag is daar niemand.

'Wat ben je nou van plan?', vraagt Sjors.
Roy antwoordt niet.
'Oké, ik vergeet dat geld', zegt Sjors dan
'We praten nergens meer over. En misschien kun je
wel weer voor mij werken.
Ik heb genoeg te doen.'
Roy schudt zijn hoofd en duwt het pistool harder
tegen de nek van Sjors.
'Au, dat doet verdomme pijn', zegt Sjors.
'Misschien ga ik je nog wel meer pijn doen',
antwoordt Roy.
'Zo, hier, stap uit de auto.'
Langzaam doet Sjors de deur open.
Dit is een gevaarlijk moment, weet Roy.
Want hij moet zijn pistool even weghalen.
Maar het gaat goed.

'Echt ... die vijftien mille, die vergeten we gewoon',
begint Sjors weer.

'Ik laat je verder met rust. En Dikke Willem ook.
Zullen we weer terugrijden naar Sparrenberg?'
Hij wil al weer instappen.
Maar Roy weet dat hij Sjors niet kan laten gaan.
Hij weet dat Sjors gewoon weer opnieuw zal
beginnen.
'We gaan een stukje lopen', zegt Roy.
Hij hoopt bijna dat Sjors zal proberen weg te lopen.
Dan is het makkelijker om op hem te schieten.

Nog twintig meter, dan zijn ze er.
Om de hoek is een veldje met gras.
'Hé', schreeuwt Sjors opeens en hij wijst naar
boven.
Roy laat zich even afleiden en Sjors stormt op hem
af.
Roy heeft geen tijd meer om te richten.
Hij schiet.

Roy

Gespannen zit Roy achter het stuur van de grijze bestelauto.
Al dagen staat hij voor zijn oude huis te wachten.
Maar hij ziet geen Manon en geen Wendy.
Waar zijn die rotwijven?

Vanmorgen stond er weer niets in de krant.
Wanneer zouden ze het lijk van Sjors ontdekken tussen het hoge gras?
En zou de politie hem dan weten te vinden?
Hij woont nu bij Rolf, die ook weer vrij is. In een kraakpand in West.
Zou de politie daar ooit achter komen?
Gisteren had hij samen met Rolf nog een vrachtje gedaan.
Rolf zei nooit veel, maar dat vond Roy wel prettig.

Misschien is Manon wel verhuisd, denkt hij ineens
Hij stapt uit de auto en loopt naar een stel jongetjes met een voetbal toe.
'Hallo', zegt hij, 'Kennen jullie me niet meer? Ik woonde naast jullie.'
De jongetjes kijken hem een beetje angstig aan.
'Weten jullie waar Manon is?', vraagt Roy. 'Mijn vriendin? Ze woonde bij mij.
Nu is ze zwanger. Ze heeft zo'n dikke buik.'

'Weg', zegt een van de jongetjes. 'Samen met die Surinaamse mevrouw.'

'Weet je ook waar naartoe?', vraagt Roy.

Het jongetje schudt zijn hoofd.

Roy probeert het eerst maar gewoon bij Manons moeder.

Met een zakdoek over zijn mond belt hij haar op en vraagt naar Manons nieuwe adres.

Maar Manons moeder weet van geen nieuw adres.

Dan misschien via het werk van die Surinaamse.

Wendy, Wendy ...

Roy stapt uit zijn auto en loopt naar de voordeur.

Adamson, staat op een van de naambordjes. Ja, zo heet ze.

Ze werkt bij een schoonmaakbedrijf, iets met 'schoon'.

Hij heeft het autootje van het bedrijf vaak voor zijn huis zien staan.

In de Gouden Gids zoekt Roy naar de schoonmaakbedrijven in Amsterdam.

Al gauw heeft hij wat hij zoekt: firma Schoonen.

De secretaresse neemt op.

Roy vertelt dat hij meubels moet afleveren bij mevrouw Adamson.

En dat hij haar adres is kwijtgeraakt.

De secretaresse geeft Wendy's adres zonder verder vragen te stellen.

Het is een adres in de Bijlmer.

Roy

Dikke Willem zit al een tijdje achter Roy aan.
Het was niet moeilijk om hem te vinden.
Sjors wist precies in wat voor auto Roy rijdt.
En in welke cafés hij vaak komt.
Het is een kwestie van rustig wachten totdat hij
buiten komt.
En dan achter hem aan rijden.

Dikke Willem had Sjors opgehaald van het
industrieterrein.
Hij was zich rot geschrokken van al het bloed.
Sjors had mazzel gehad. Hij was niet dood.
En hij had zijn mobiele telefoon bij zich en kon
Willem bellen.
Willem had hem meteen naar een dokter gebracht.
Eentje die niet meteen alles aan de politie zou
doorgeven.
Toen Sjors thuis op de bank lag zei hij tegen Willem:
'Het was Roy. Geloof het of niet, maar het was Roy.'

En nu volgt Dikke Willem de auto van Roy.
Hij wacht op een goed moment om Roy terug te
pakken.

'Waar gaat die kerel helemaal naartoe?', mompelt
Willem.

De grijze bestelauto rijdt naar de Bijlmer.
En stopt op een parkeerplaats.
Roy stapt niet uit.
Hij blijft in de auto zitten, samen met zijn maat.
Wat moet hij hier zo vroeg in de ochtend?, denkt
Willem.
Hij kijkt op zijn horloge. Het is halfzeven.

Dan ziet hij Roy uit de auto stappen en op een
vrouw aflopen.
Een Surinaamse vrouw.
Hij zegt iets tegen haar en neemt haar mee aan een
arm.
Naar de grijze bestelauto toe.
Daar stapt ze achterin.

'Wat doet hij toch allemaal?', zegt Willem in zichzelf.
Nu komt Roy er weer aan, met de tas van de
Surinaamse in zijn hand.
Hij rommelt in de tas, terwijl hij naar de ingang van
de flat loopt.
Willem stapt snel uit de auto.
Hij volgt Roy op een afstandje.
Roy is veel te druk met zichzelf bezig om hem te
zien.

Roy

Tegen Rolf heeft Roy gezegd dat hij iemand wil verrassen.
Iemand van wie hij nog geld krijgt.
Rolf zal in de grijze bestelauto blijven, achterin.
'Het is heel simpel', zei Roy tegen Rolf.
'Je moet gewoon iemand een beetje bezighouden tot ik klaar ben.'
'Er hoeft geen geweld gebruikt te worden', zei Roy.
Want hij weet dat Rolf daar niet aan meedoet.

Roy stapt in de lift.
Hij drukt op het knopje van de negende verdieping.
Nog steeds rommelt hij in de tas van Wendy.
Waar zijn die kleresleutels?
Ah, mooi, daar, helemaal onderin.
Wat zal Manon verrast zijn, als hij ineens binnenkomt!

Manon zit in de kamer met een kopje thee en een beschuitje.
De deur naar het balkon staat open.
Ze hoopt dat er een vogeltje naar binnen vliegt.
Een vogeltje dat op haar beschuitje afkomt.
Nog een paar dagen en dan eten ze beschuit met muisjes ...
Ineens zit ze rechtop.

Wat is dat? De sleutel in het slot?

Is Wendy teruggekomen? Is ze iets vergeten?

Het blijft even stil, dan verschijnt Roys hoofd om de hoek van de deur.

'Tataaa!'

Ze wil schreeuwen, gillen, maar haar keel zit dicht.

Roy kijkt rustig om zich heen.

Eindelijk heeft hij het voor elkaar.

Manon is helemaal in zijn macht.

Eigenlijk weet hij niet precies wat hij met haar wil doen.

Maar daar denkt hij verder niet over na.

Het is allemaal haar schuld.

Dat gedonder met de politie, die ellende met Sjors, alles.

De trut.

Hij kijkt naar haar afschuwelijk dikke buik, haar bolle gezicht.

Hij ziet de paniek in haar ogen.

Goed zo.

Dreigend komt hij op haar af.

Manon

Manon kijkt radeloos om zich heen.
Ze kan geen kant op.
Dan ziet ze de kast met laatjes.
In een van die laatjes ligt de spuitbus van Wendy.
De spuitbus met traangas.
Ze heeft zelf gezien dat Wendy hem erin deed.
Ze werkt zich overeind en trekt de la open.
Terwijl ze het traangas in zijn gezicht spuit, gilt ze
hard.
Het is de gil die al zo lang in haar keel zat.
En die nu eindelijk naar buiten komt.

Roy grijpt met twee handen naar zijn ogen.
De ijzeren staaf die hij bij zich had, valt uit zijn
handen. Hij brult het uit van de pijn.
Manon weet dat ze nu moet wegrennen.
Maar het lijkt wel alsof ze door modder moet lopen.
Zo traag komt ze vooruit.
Ze worstelt zich naar de gang en doet de buitendeur
open.
Ze staat al bijna op de **galerij**, als Roy haar te
pakken krijgt.
En haar weer naar binnen trekt.

'Vuile kleretrut', schreeuwt hij. 'Je dacht dat je me
had, hè?'

Hij schudt haar door elkaar.

Manon begrijpt dat het nu afgelopen is voor haar.

Roys woede is te groot.

'Au', roept ze.

Meteen haalt Roy uit en slaat haar in haar gezicht.

Het bloed stroomt uit haar neus.

Schoppen, fluistert een stemmetje in haar hoofd, je moet schoppen.

Met alle kracht die in haar is trekt ze haar knie op.

Roy klapt dubbel van de pijn.

Maar toch kan Manon nog steeds niet ontsnappen.

Hij staat tussen haar en de gang in.

En hij komt weer dreigend op haar af.

Manon vlucht het balkon op.

Ze probeert de schuifdeur dicht te doen, maar Roys voet zit er al tussen.

Dit is het dus, denkt Manon.

Ze heeft geen kracht meer om te vechten.

Willem

Dikke Willem begrijpt er niets meer van.
Nu komt die Surinaamse weer uit de grijze
bestelauto.
Samen met die maat van Roy.
Ze gaan steeds harder lopen en komen vlak langs
hem.
Hij vangt een paar woorden op van wat ze zeggen.
Roy ... ruzie ... Manon.
Ineens wil Willem weten wat er aan de hand is.
Het is tegen de afspraak met Sjors.
Want van Sjors moet hij een goed moment
afwachten om Roy te grijpen.
Maar het kan Willem even niet schelen.
Hij rent achter de twee aan.

Ze staan al in de lift als Willem eraan komt.
Hij kan er nog net in voordat de deuren dichtgaan.
De vrouw drukt op de knop van de negende en
zegt:
'We zijn te laat ... we zijn vast te laat.'

Manon voelt de leuning van het balkon in haar rug.
Haar voeten raken de vloer al bijna niet meer.
Nog even en ze ligt beneden.
Dan ziet ze iemand de kamer binnenstormen.
Een man die ze kent. Rolf? Dat kan toch niet.

Rolf sprint het balkon op en grijpt Roy beet.
Manons voeten staan weer op de betonnen vloer
van het balkon.

De mannen worstelen met elkaar op het balkon.
Wendy slaat haar armen om Manon heen.
Manon wil iets doen, maar ze weet niet wat.
Het gaat allemaal zo vlug.
Roy heeft nu de ijzeren staaf weer in zijn hand.
Hij slaat ermee naar Rolf, die de klap opvangt met
zijn arm.
Een kreet van pijn.
Roy wil weer uithalen met de ijzeren staaf.
Maar op dat moment komt er een dikke man
aanstormen.
Manon beseft dat ze hem eerder heeft zien
binnenkomen.
Achter Rolf en Wendy aan.
Hij rent het balkon op, veel vlugger dan je zou
verwachten van zo'n dikke man.
Dan tilt hij Roy op.
Het lijkt alsof Roy bijna niets weegt, zo makkelijk
gaat het.

Woordenlijst

Bijlmerbajes
Een gevangenis in Amsterdam.

Deukentrekker
Met een deukentrekker kun je deuken uit bijvoorbeeld een auto trekken. Hier wordt de deukentrekker gebruikt om het slot open te krijgen.

Doodslag
Doodslag betekent iemand met opzet doden, maar zonder dat je dit van tevoren hebt bedacht.

Galerij
Lange gang in een gebouw. In een flatgebouw is een galerij een lang balkon met daaraan de ingangen van de woningen.

Getuige
Een getuige is iemand die iets verklaart in een rechtbank, voor of tegen een verdachte.

Je handen laten wapperen
Hier betekent het: hard werken.

Hoger beroep

Bij hoger beroep wordt een rechtszaak opnieuw bekeken door een hogere rechter.

Katten

Hier betekent het: onaardig doen.

Mille

Mille is een ander woord voor duizend euro.

Naaien

Hier betekent genaaid worden: opgelicht worden.

Nummertje maken

Vrijen.

Rechter-commissaris

Een rechter-commissaris is een rechter die ook onderzoek doet in een rechtszaak.

Rippen

Hier betekent rippen: stelen. Rippen betekent meestal het kopiëren van een cd op de computer, maar hier dus niet.

Rooie

Rooie is hier een ander woord voor duizend euro.

Spijkerbloes

In het Vlaams zeg je: jeanshemd.

Stationsrestauratie

In het Vlaams zeg je: stationsbuffet.

Vrijspraak

Bij vrijspraak na een rechtszaak wordt de verdachte niet langer vastgehouden. Een rechter heeft dan besloten dat de verdachte onschuldig is, of dat er niet genoeg bewijs is.

Ziektekostenverzekering

In het Vlaams zeg je: ziekteverzekering.

Zitting

Hier wordt een zitting van de rechtbank bedoeld. De rechter, advocaat, verdachte en getuige(n) zijn dan bij elkaar voor een rechtszaak. Soms heeft een rechtszaak meerdere zittingen.

Zwangerschapstest

In België koop je een zwangerschapstest alleen bij de apotheek.

MISDADIG:
Bekende thrillers in eenvoudig Nederlands

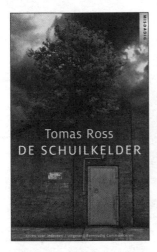

Tomas Ross
DE SCHUILKELDER

Chris Rippen
DE LIFTER

Charles den Tex
VERDWIJNING

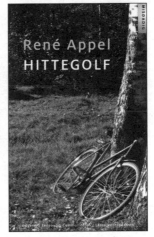

René Appel
HITTEGOLF